—————— 阅读之前 没有真相

午夜文库

阿加莎·克里斯蒂
**侦探小说**

**阿加莎·克里斯蒂**
Agatha Christie (1890—1976)

无可争议的侦探小说女王,侦探文学史上最伟大的作家之一。

阿加莎·克里斯蒂原名为阿加莎·玛丽·克拉丽莎·米勒,一八九〇年九月十五日生于英国德文郡托基的阿什菲尔德宅邸。她几乎没有接受过正规的教育,但酷爱阅读,尤其痴迷于歇洛克·福尔摩斯的故事。

第一次世界大战期间,阿加莎·克里斯蒂成了一名志愿者。战争结束后,她创作了自己的第一部侦探小说《斯泰尔斯庄园奇案》。几经周折,作品于一九二〇年正式出版,由此开启了克里斯蒂辉煌的创作生涯。一九二六年,《罗杰疑案》由哈珀柯林斯出版公司出版。这部作品一举奠定了阿加莎·克里斯蒂在侦探文学领域不可撼动的地位。之后,她又陆续出版了《东方快车谋杀案》《ABC谋杀案》《尼罗河上的惨案》《无人生还》《阳光下的罪恶》等脍炙人口的作品。时至今日,这些作品依然是世界侦探文学宝库里最宝贵的财富。根据她的小说改编而成的舞台剧《捕鼠器》,已经成为世界上公演场次最多的剧目;而在影视改编方面,《东方快车谋杀案》为英格丽·褒曼斩获奥斯卡大奖,《尼罗河上的惨案》更是成为几代人心目中的经典。

阿加莎·克里斯蒂的创作生涯持续了五十余年,总共创作了八十余部侦探小说。她的作品畅销全世界一百多个国家和地区,累计销量已经突破二十亿册。她创造的小胡子侦探波洛和老处女侦探马普尔小姐为读者津津乐道。阿加莎·克里斯蒂是柯南·道尔之后最伟大的侦探小说作家,是侦探文学黄金时代的开创者和集大成者。一九七一年,英国女王授予克里斯蒂爵士称号,以表彰其不朽的贡献。

一九七六年一月十二日,阿加莎·克里斯蒂逝世于英国牛津郡沃灵福德家中,被安葬于牛津郡的圣玛丽教堂墓园,享年八十五岁。

**阿加莎·克里斯蒂 侦探作品年表**

**波洛系列**

1920　The Mysterious Affair at Styles《斯泰尔斯庄园奇案》
1923　Murder on the Links《高尔夫球场命案》
1924　Poirot Investigates《首相绑架案》
1926　The Murder of Roger Ackroyd《罗杰疑案》
1927　The Big Four《四魔头》
1928　The Mystery of the Blue Train《蓝色列车之谜》
1932　Peril at End House《悬崖山庄奇案》
1933　Lord Edgware Dies《人性记录》
1934　Murder on the Orient Express《东方快车谋杀案》
1935　Three-Act Tragedy《三幕悲剧》
1935　Death in the Clouds《云中命案》
1936　The ABC Murders《ABC谋杀案》
1936　Murder in Mesopotamia《古墓之谜》
1936　Cards on the Table《底牌》
1937　Dumb Witness《沉默的证人》
1937　Death on the Nile《尼罗河上的惨案》
1937　Murder in the Mews《幽巷谋杀案》
1938　Appointment with Death《死亡约会》
1938　Hercule Poirot's Christmas《波洛圣诞探案记》
1940　Sad Cypress《H庄园的午餐》
1940　One, Two, Buckle My Shoe《牙医谋杀案》
1941　Evil Under the Sun《阳光下的罪恶》
1943　Five Little Pigs《五只小猪》
1946　The Hollow《空幻之屋》
1947　The Labours of Hercules《赫尔克里·波洛的丰功伟绩》
1948　Taken at the Flood《顺水推舟》
1952　Mrs. McGinty's Dead《清洁女工之死》
1953　After the Funeral《葬礼之后》
1955　Hickory Dickory Dock《山核桃大街谋杀案》
1956　Dead Man's Folly《弄假成真》
1959　Cat Among the Pigeons《鸽群中的猫》
1960　The Adventure of the Christmas Pudding《雪地上的女尸》

**阿加莎·克里斯蒂 侦探作品年表**

1963　The Clocks《怪钟疑案》
1966　Third Girl《第三个女郎》
1969　Hallowe'en Party《万圣节前夜的谋杀》
1972　Elephants Can Remember《大象的证词》
1974　Poirot's Early Stories《蒙面女人》
1975　Curtain—Poirot's Last Case《帷幕》

**马普尔小姐系列**

1930　The Murder at the Vicarage《寓所谜案》
1932　The Thirteen Problems《死亡草》
1942　The Body in the Library《藏书室女尸之谜》
1943　The Moving Finger《魔手》
1950　A Murder Is Announced《谋杀启事》
1952　They Do It with Mirrors《借镜杀人》
1953　A Pocket Full of Rye《黑麦奇案》
1957　4.50 from Paddington《命案目睹记》
1962　The Mirror Crack'd from Side to side《破镜谋杀案》
1964　A Caribbean Mystery《加勒比海之谜》
1965　At Bertram's Hotel《伯特伦旅馆》
1971　Nemesis《复仇女神》
1976　Sleeping Murder《沉睡谋杀案》
1979　Miss Marple's Final Cases《马普尔小姐最后的案件》

**其他系列及非系列**

1922　The Secret Adversary《暗藏杀机》
1924　The Man in the Brown Suit《褐衣男子》
1925　The Secret of Chimneys《烟囱别墅之谜》
1929　Partners in Crime《犯罪团伙》
1929　The Seven Dials Mystery《七面钟之谜》
1930　The Mysterious Mr. Quin《神秘的奎因先生》
1931　The Sittaford Mystery《斯塔福特疑案》
1933　The Witness for the Prosecution and Other Stories《控方证人》
1934　Why Didn't They Ask Evans?《悬崖上的谋杀》

**阿加莎·克里斯蒂 侦探作品年表**

| | |
|---|---|
| 1934 | The Listerdale Mystery《金色的机遇》|
| 1934 | Parker Pyne Investigates《惊险的浪漫》|
| 1939 | Murder Is Easy《逆我者亡》|
| 1939 | And Then There Were None《无人生还》|
| 1941 | N or M?《桑苏西来客》|
| 1944 | Towards Zero《零点》|
| 1945 | Sparkling Cyanide《闪光的氰化物》|
| 1945 | Death Comes as the End《死亡终局》|
| 1949 | Crooked House《怪屋》|
| 1950 | Three Blind Mice and Other Stories《三只瞎老鼠》|
| 1951 | They Came to Baghdad《他们来到巴格达》|
| 1954 | Destination Unknown《地狱之旅》|
| 1958 | Ordeal by Innocence《奉命谋杀》|
| 1961 | The Pale Horse《灰马酒店》|
| 1967 | Endless Night《长夜》|
| 1968 | By the Pricking of My Thumbs《煦阳岭的疑云》|
| 1970 | Passenger to Frankfurt《天涯过客》|
| 1973 | Postern of Fate《命运之门》|
| 1991 | Problem at Pollensa Bay《神秘的第三者》|
| 1997 | While the Light Lasts《灯火阑珊》|

# 出版前言

纵观世界侦探文学一百七十余年的历史，如果说有谁已经超脱了这一类型文学的类型化束缚，恐怕我们只能想起两个名字——一个是虚构的人物歇洛克·福尔摩斯，而另一个便是真实的作家阿加莎·克里斯蒂。

阿加莎·克里斯蒂以她个人独特的魅力创造着侦探文学史上无数的传奇：她的创作生涯长达五十余年，一生撰写了八十余部侦探小说；她开创了侦探小说史上最著名的"黄金时代"；她让阅读从贵族走入家庭，渗透到每个人的生活中；她的作品被翻译成一百多种文字，畅销全球一百五十余个国家，作品销量与《圣经》《莎士比亚戏剧集》同列世界畅销书前三名；她的《罗杰疑案》《无人生还》《东方快车谋杀案》《尼罗河上的惨案》都是侦探小说史上的经典；她是侦探小说女王，因在侦探小说领域的独特贡献而被册封为爵士；她是侦探小说的符号和象征。她本身就是传奇。沏一杯红茶，配一张躺椅，在暖暖的阳光下读阿加莎的小说是一种生活方式，是惬意的享受，也是一种态度。

午夜文库成立之初就试图引进阿加莎的作品，但几次都与版权擦肩而过。随着午夜文库的专业化和影响力日益增强，阿加莎·克里斯蒂的版权继承人和哈珀柯林斯出版公司主动要求将版权独家授予新星出版社，并将阿加莎系列侦探小说并入午夜文库。这是对我们长期以来执着于侦探小说出版的褒奖，是对我们的信任与鼓励，更是一种压力和责任。

新版阿加莎·克里斯蒂作品由专业的侦探小说翻译家以最权威的英文版本为底本，全新翻译，并加入双语作品年表和阿加莎·克里斯蒂家族独家授权的照片、手稿等资料，力求全景展现"侦探女王"的风采与魅力。使读者不仅欣赏到作家的巧妙构思、离奇桥段和睿智语言，而且能体味到浓郁的英伦风情。

阿加莎作品的出版是一项系统工程，规模庞大，我们将努力使之臻于完美。或存在疏漏之处，欢迎方家指正。

新星出版社
午夜文库编辑部

# Agatha Christie

Over the next few years, we plan to celebrate two very important Agatha Christie anniversaries. In 2015, it is the 125th anniversary of her birth in Torquay, South Devon, England, and in 2020 it will be 100 years after her first book, THE MYSTERIOUS AFFAIR AT STYLES, featuring her famous detective, Hercule Poirot, was published. This is therefore a very appropriate moment to publish a new edition of her works, and I am delighted that HarperCollins has chosen to work with New Star on these new editions. New Star is China's top crime publisher, and has a strong and dedicated editorial staff and a continued passion for Agatha Christie, making them the ideal partner. It is the right time to make these classic books available in modern translations and so to bring Agatha Christie's books anew to her many fans in China, giving them a new reason to re-read these much-loved stories, as well as introducing them to a whole new audience. How delighted Agatha Christie would have been that her stories (as she called them) are still giving so much pleasure to so many people all over the world!

I think there are two very remarkable things about Agatha Christie's stories. The first is that they are so adaptable. It doesn't really matter which language they appear in, the stories and the plots still give the same thrill, still provide the same puzzles, and the characters still have the same attraction. Readers in China will I am sure enjoy Hercule Poirot and Miss Marple just as much as we do in England, and readers in China will still be transfixed by the surprises and horrors of AND THEN THERE WERE NONE, one of the great classics of 20th century detective fiction, as we are here.

*Agatha Christie*

The second is that the stories give a wonderful picture of England, particularly rural England, at the time Agatha Christie lived. She wrote books from 1920 until 1970 but it is sometimes hard to tell which part of her life each book was written in. Her characters and the life they lived were very much the same. The life we all live is changing very quickly these days but "the Agatha Christie world" stays the same. Perhaps the Miss Marple stories provide the best example of this, and in some ways, THE BODY IN THE LIBRARY and NEMESIS are quite similar, despite the fact that thirty years elapsed between the time they were written.

Perhaps I might end by mentioning three Agatha Christies (other than the ones mentioned above) which I think demonstrate why she is so popular, even in the twenty-first century. The first is MURDER ON THE ORIENT EXPRESS, one of the most famous with one of the most ingenious and human plots. Next read this on one of your long train journeys in China! Next is A MURDER IS ANNOUNCED, a Miss Marple which was her 50th book. It has my favourite murderer in it! And last is ENDLESS NIGHT — a story about evil and how it affects three young people, written at the time when I knew her best, and understood how deeply she cared and sympathised with young people and the world they lived in.

Whichever are your favourites I hope you enjoy these stories that New Star are introducing to you again. I think it is a great publishing event.

Mathew Prichard
Grandson of Agatha Christie
Chairman of Agatha Christie Ltd

## 致中国读者

(午夜文库版阿加莎·克里斯蒂作品集序)

在未来的几年中,我们将要筹备两个非常重要的关于阿加莎·克里斯蒂的纪念日。二〇一五年是她的一百二十五岁生日——她于一八九〇年出生于英国的托基市;二〇二〇年则是她的处女作《斯泰尔斯庄园奇案》问世一百周年的日子,她笔下最著名的侦探赫尔克里·波洛就是在这本书中首次登场。因此,新星出版社为中国读者们推出全新版本的克里斯蒂作品正是恰逢其时,而且我很高兴哈珀柯林斯选择了新星来出版这一全新版本。新星出版社是中国最好的侦探小说出版机构,拥有强大而且专业的编辑团队,并且对阿加莎·克里斯蒂的作品极有热情,这使得他们成为我们最理想的合作伙伴。如今正是一个良机,可以将这些经典作品重新翻译为更现代、更权威的版本,带给她的中国书迷,让大家有理由重温这些备受喜爱的故事,同时也可以将它们介绍给新的读者。如果阿加莎·克里斯蒂知道她的小故事们(她这样称呼自己的这些作品)仍然能给世界上这么多人带来如此巨大的阅读享受,该有多么高兴啊!

我认为阿加莎·克里斯蒂的作品有两个非常重要的特征。首先它们是非常易于理解的。无论以哪种语言呈现,故事和情节都同样惊险刺激,呈现给读者的谜团都同样精彩,而书中人物的魅力也丝毫不受影响。我完全可以肯定,中国的读者能够像我们英国人一样充分享受赫尔克里·波洛和马普尔小姐带来的乐趣;中国读者也会和我们一样，读到二十世纪最伟大的侦探经典作品——比如《无人生还》——的时候，被震惊和恐惧牢牢钉在原地。

第二个特征是这些故事给我们展开了一幅英格兰的精彩画卷，特别是阿加莎·克里斯蒂那个年代的英国乡村。她的作品写于二十世纪二十年代至七十年代间，不过有时候很难说清楚每一本书是在她人生中的哪一段日子里写下的。她笔下的人物，以及他们的生活，多多少少都有些相似。如今，我们的生活瞬息万变，但"阿加莎·克里斯蒂的世界"依旧永恒。也许马普尔小姐的故事提供了最好的范例：《藏书室女尸之谜》与《复仇女神》看起来颇为相似，但实际上它们的创作年代竟然相差了三十年。

最后，我想提三本书，在我心目中（除了上面提过的几本之外）这几本最能说明克里斯蒂为什么能够一直受到大家的喜爱。首先是《东方快车谋杀案》，最著名，也是最机智巧妙、最有人性的一本。当你在中国乘火车长途旅行时，不妨拿出来读读吧！第二本是《谋杀启事》，一个马普尔小姐系列的故事，也是克里斯蒂的第五十本著作。这本书里的诡计是我个人最喜欢的。最后是《长夜》，一个关于邪恶如何影响三个年轻人生活的故事。这本书的写作时间正是我最了解她的时候。我能体会到她对年轻人以及他们生活的世界关心至深。

现在新星出版社重新将这些故事奉献给了读者。无论你最爱的是哪一本，我都希望你能感受到这份快乐。我相信这是出版界的一件盛事。

阿加莎·克里斯蒂外孙

阿加莎·克里斯蒂有限责任公司董事长

马修·普理查德

二〇一三年二月二十日

阿加莎·克里斯蒂侦探小说全集 ⑦⑨

# 斯塔福特疑案
The Sittaford Mystery

[英]阿加莎·克里斯蒂 著
梁尔 译

新星出版社 NEW STAR PRESS

献给马克斯·埃德加·马洛温,我曾与他讨论本书的情节,以回应身边的人对我们的告诫。①

---

① 一九三〇年,四十岁的阿加莎·克里斯蒂与比她年轻十四岁的马克斯·马洛温步入婚姻的殿堂。在一九三一年出版的《斯塔福特疑案》中写了这句题记。

# 目录

| | |
|---|---|
| 1 | 第一章 斯塔福特寓所 |
| 9 | 第二章 神秘的信息 |
| 19 | 第三章 五点二十五分 |
| 24 | 第四章 纳拉科特探长 |
| 30 | 第五章 伊万斯 |
| 39 | 第六章 在三皇冠旅馆 |
| 47 | 第七章 遗嘱 |
| 56 | 第八章 查尔斯·恩德比先生 |
| 63 | 第九章 月桂树公寓 |
| 71 | 第十章 皮尔森一家 |
| 81 | 第十一章 艾米丽开始调查 |
| 89 | 第十二章 逮捕 |
| 95 | 第十三章 斯塔福特村 |
| 100 | 第十四章 威利特家 |
| 108 | 第十五章 拜访伯纳比少校 |
| 116 | 第十六章 瑞克夫特先生 |
| 124 | 第十七章 佩斯豪斯小姐 |
| 134 | 第十八章 艾米丽拜访斯塔福特寓所 |

## 目录

| | |
|---|---|
| 142 | 第十九章 推测 |
| 150 | 第二十章 拜访珍妮弗姨妈 |
| 160 | 第二十一章 谈话 |
| 173 | 第二十二章 查尔斯的夜间冒险 |
| 178 | 第二十三章 在黑兹尔姆尔 |
| 185 | 第二十四章 纳拉科特探长讨论案情 |
| 194 | 第二十五章 在戴勒咖啡馆 |
| 199 | 第二十六章 罗伯特·加德纳 |
| 206 | 第二十七章 纳拉科特探长的行动 |
| 212 | 第二十八章 靴子 |
| 220 | 第二十九章 第二次降神会 |
| 232 | 第三十章 艾米丽的解释 |
| 238 | 第三十一章 幸运儿 |

# 第一章 斯塔福特寓所

伯纳比少校穿上橡胶靴子，扣上大衣领子，围好围巾，从门边的架子上拿来一盏防风灯，小心翼翼地打开小屋的前门向外凝视。

映入眼帘的是典型英国乡村的景色，就像圣诞卡片上描绘的图画，或者老派戏剧的布景一样。到处都是雪，厚厚地堆积着，可不仅仅是一两英寸那么厚。英格兰已经下了整整四天的雪，在达特穆尔高原的边缘，积雪已经达到了数英尺之深。整个英格兰的房主都在抱怨破裂的管道，此时，拥有一个水管工朋友（哪怕只是水管工的助手），成了人们最梦寐以求的事。

小小的斯塔福特村几乎完全与外界隔绝，离一切都很遥远。在这里，寒冬成了真正严重的困境。

伯纳比少校却是个意志坚定的人。他用鼻子轻哼两声，又咕哝了一声，然后毅然决然地大步踏进了雪中。

他的目的地并不远。他沿着一条蜿蜒的小路前进，进入一户门中，走上一条清扫了部分积雪的私人车道，来到了一座相当大的花岗岩建造的房子前。

一个穿着整齐的客厅女侍打开了门。少校脱下了他的厚呢短大衣和橡胶靴子，摘下了脖子上的旧围巾。

一扇门被猛地打开，他走进一间屋子，顿时仿佛进入了另一个世界。

尽管现在只是下午三点半,窗帘却是拉上的,屋里开着灯,壁炉中明亮的火苗欢快地舔着木柴。两位身着优雅长裙的女士起身迎接这位忠诚的老战士。

"你能来真是太好了,伯纳比少校。"年长的那位女士说道。

"没什么,威利特夫人,这没什么。您能邀请我真是太好了。"他跟她们握了手。

"加菲尔德先生也要来。"威利特夫人继续说道,"还有杜克先生,瑞克夫特先生说他会来,但他这把年纪的人,不太可能在这种天气里出门。真的,天气太糟糕了,让你不得不做点什么来保持开心。维奥莱特,再给壁炉添点木柴。"

少校彬彬有礼地起身添了柴火:"请让我来吧,维奥莱特小姐。"

他熟练地将木柴放进壁炉,然后回到了女主人为他准备的扶手椅上,装作漫不经心的样子,偷偷打量起这个房间。他很惊讶,几个女人竟可以改变整个屋子的特征,虽然她们并没有真的对屋子做出什么明显的改动。

斯塔福特寓所是十年前由皇家海军约瑟夫·特里威廉上尉建造的,当时他刚刚从海军退役。特里威廉小有资产,总是渴望能够在达特穆尔生活。他选择了一个叫作斯塔福特的小村庄。和大部分的村庄、农场不同的是,它并不是在山谷中,而是位于高原荒野的边缘处,斯塔福特灯塔山脚下。他购置了一大片土地,建造了一座舒适的房子,自带照明装置和可以节省人工的抽水电泵。然后,作为投机生意,他沿小路建造了六座小屋,每座小屋占地四分之一英亩。

第一间小屋,那间挨近大门的,已经留给了他的老朋友约翰·伯纳比。剩下的小屋也慢慢地卖了出去，毕竟，无论是出于自己的选择还是被逼无奈，总还是有人会想要离群索居的。村子本身有三座别致却荒废了的村舍，一家铁匠铺和一家卖糖果的邮局。离这里最近的镇子是六英里外的艾克汉普顿，两地间是一条倾斜的路，于是那块路标的必要性也就显露无遗："车辆低速行驶"。这种路标在达特穆尔的公路上非常常见。

约瑟夫·特里威廉上尉正如人们常说的那样，是个有钱有势的人。尽管如此——或者说正因如此——他十分爱财。十月底的时候，艾克汉普顿的一位房产中介写信给他，问他是否考虑过将斯塔福特寓所租出去。一位租户看了房子的资料，想要租下来过冬。

约瑟夫·特里威廉上尉的第一反应是拒绝，第二反应是要求更多的信息。原来那位租客是威利特夫人，一位带着女儿的寡妇。她最近刚刚从南非返回，想要在达特穆尔找一座房子度过冬天的时光。

"该死的，这个女人肯定是疯了。"特里威廉上尉说，"嗯，伯纳比，你不觉得吗？"

伯纳比确实这么认为，态度和特里维廉上尉一样强硬。

"不管怎样，你不会想租出去的，"他说，"要是那个傻女人想被冻僵，就让她去别的地方吧。还是从南非回来的人呢！"

但是此时此刻，特里威廉上尉的爱财之心起了作用。在隆冬时节把房子租出去，这可是千载难逢的机会。他想知道租客会支付多少租金。

最终，一份每周十二几尼[①]的协议敲定了这件事。特里威廉上尉去了艾克汉普顿的郊区，以每周两几尼的价格租了一间小房

---

[①]英国旧金币，相当于一镑一先令。

子，将斯塔福特寓所交给了威利特夫人，而对方也预付了一半的租金。

"这个傻瓜，她和她的钱很快就会分开了。"他粗着噪音说道。

但是伯纳比下午偷偷观察了威利特夫人，觉得她看上去并不像个傻瓜。她身材高挑，举止有些滑稽，但是相貌精明而非愚钝。她穿着讲究，有明显的殖民地口音，似乎对这笔交易很是满意。很明显她非常富有，而且——伯纳比考虑再三——她会来租房真的更加古怪。她不像那种喜欢独处的女人。

作为邻居，她热情得几乎令人窘迫。她邀请每个人去斯塔福特寓所做客，还对特里威廉上尉说"请像我们没有租下这间房子一样对待它吧"。特里威廉却并不喜欢女人。据说他年轻时曾经被抛弃。他固执地拒绝了所有的邀请。

自威利特一家安顿下来已经过了两个月，最初她们搬来时引发的好奇也消退了。

伯纳比天性沉默，他继续研究着面前的女主人，很明显并不需要闲聊。她想让自己看起来愚钝，事实却并非如此。这就是他得出来的结论。他的目光转移到了维奥莱特·威利特的身上。漂亮的姑娘——当然，太瘦弱了——她们如今都是这样。要是女人都变得不像女人的话，还有什么意思？报纸上说曲线美要回归了。早该回归了。

他收神加入了谈话。

"我们原先还担心你不能来了，"威利特夫人说，"你这么说过，记得吗？所以最后你说你会来的时候，我们都很高兴。"

"星期五。"伯纳比少校说，带着明确的语气。

威利特夫人看上去很疑惑。

"星期五？"

"每个星期五我都去特里威廉那里。然后星期二他来我这里。这些年来我们一直都是这么做的。"

"哦！原来是这样。当然，住得这么近——"

"一种习惯罢了。"

"但是你现在还保留着这个习惯吗？我是说，现在他住在艾克汉普顿——"

"打破习惯是挺可惜的，"伯纳比少校说，"我们都很怀念那些晚上的时光。"

"你们会搞小竞赛，是吗？"维奥莱特问道，"离合诗①、填字游戏之类的。"

伯纳比点头。

"我玩填字游戏，特里威廉玩离合诗。我们各自守在自己精通的领域里。我上个月在填字游戏竞赛中赢了三本书。"他主动说道。

"哦！是吗？真棒！都是些有趣的书吗？"

"不知道。我还没读。看上去希望不大。"

"赢得奖品才是关键，不是吗？"威利特夫人含糊地说。

"你怎么去艾克汉普顿？"维奥莱特问，"你没有车。"

"走路去。"

"什么？不是吧？六英里呢！"

"这是种不错的锻炼方式。十二英里又怎样？可以锻炼身体。是很好的锻炼的方式。"

"哎呀！十二英里。你和特里威廉上尉都是很厉害的运动员。"

---

①以各行字首或尾或某处特定的字母组合成词句，又称"字母诗"。

"过去我们总是一起去瑞士。冬季有冬季的运动项目,夏天就爬山。特里威廉是冰上运动的好手。我们都老了,现在都不适合那些运动了。"

"你也得过军队网球冠军,对吗?"维奥莱特问道。

少校像女孩一样脸红了。

"谁告诉你的?"他嘟囔着说。

"特里威廉上尉。"

"乔①应该管住自己的舌头。"伯纳比说,"他说得太多了。现在天气怎么样了?"

为了缓解他的窘迫,维奥莱特跟着他一起来到窗前。他们拉开窗帘,望着窗外荒凉的景象。

"看来要下雪了。"伯纳比说,"估计是一场大雪。"

"哦!多令人激动。"维奥莱特说,"我觉得雪很浪漫,我以前从没见过。"

"水管冻住的时候一点都不浪漫,你个傻孩子。"她妈妈说。

"你一直都住在南非吗,威利特小姐?"伯纳比少校问。

这个姑娘突然安静了下来,她回答的时候像是被什么束缚了一样。

"是的,这是我第一次离开那里。太令人激动了。"

激动?被关在这么一个遥远的荒野小村中?这想法太可笑。他实在搞不懂这些人。

门开了,客厅女侍通知说:

"瑞克夫特先生和加菲尔德先生来了。"

门口进来了一个干巴巴的小老头,还有一个面色红润、孩子

---

①乔是约瑟夫·特里威廉的昵称。

气的年轻人。后者先说了话：

"我把他带来了，威利特夫人。我说了不会让他被埋在雪堆里的。哈，哈。要我说，这里简直太棒了。壁炉里还烧着圣诞柴。"

"就像他说的那样，这位年轻的朋友非常好心地把我带过来了。"瑞克夫特先生郑重地握了手，"您好吗，威利特小姐？这真是非常合时令的天气，恐怕有点太合时令了。"

他走到壁炉旁去和威利特夫人谈话。罗纳德·加菲尔德拉住了维奥莱特。

"我说，你想去滑冰吗？这里有没有池塘？"

"这里能做的运动大概只有铲雪了。"

"我整个上午尽干这个了。"

"哦！你还挺有男子气概的。"

"别笑话我，我手上磨出了好多水泡。"

"你姨妈怎么样了？"

"哦！她还是老样子。有时候说自己好多了，有时候又说更糟了，但我觉得她还是那样。真是糟透了的生活。每年我都不禁问，我是怎么坚持下来的，但事情就是这样，要是你不陪着这些老家伙过圣诞节——哎呀，她就可能把钱都留给流浪猫之家。你知道，她自己就养了五只。我总得抚摸那些小畜生，假装我特别喜欢它们。"

"比起猫，我更喜欢狗。"

"我也是。怎样都好。我的意思是狗——好吧，狗就是狗，你知道的。"

"你姨妈一直都喜欢猫吗？"

"我觉得那不过是老女人发展出来的一种爱好罢了。唉！我讨厌那些小畜生。"

"你姨妈人很好,但是有点凶。"

"我也觉得她很凶。总是气势汹汹地训斥我,觉得我没脑子。"

"不是吧?"

"唉!好吧,别这么说嘛。好多人看上去傻乎乎的,内心却在笑呢。"

"杜克先生到了。"客厅女侍通报道。

杜克先生是最近新来的住户。他九月份买下了第六间小屋。他个头很大,很安静,热爱园艺,是住在隔壁房子、热衷鸟类研究的瑞克夫特先生介绍来的。当然,杜克先生是个不错的人,非常谦逊,但是他毕竟,非常——嗯,非常?可能只是个退休的零售商?瑞克夫特先生驳斥了这种看法。

但是没人想要问他这些。这种事情还是不要知道比较好。因为如果知道了,就可能会造成尴尬。不过,在这么小的交际圈里,最好还是要对身边的人知根知底。

"这种天气,不走路去艾克汉普顿了吧?"他问伯纳比少校。

"是的,我想特里威廉今晚也不会盼着我过去了。"

"这天气太糟了,不是吗?"威利特夫人打了个冷战,"年年都困在这里,真是糟糕透顶。"

杜克先生快速地瞥了她一眼,伯纳比少校也奇怪地盯着她。

就在这时,茶点被送上来了。

## 第二章 神秘的信息

用过茶点后,威利特夫人提议玩桥牌。

"我们有六个人。有两个人可以中途加入。"

罗尼①的眼睛亮了。

"你们四个先开始吧。"他建议道,"威利特小姐和我之后再加入。"

但是杜克先生说他不玩桥牌。

罗尼的脸就拉下来了。

"我们可以玩回合制的扑克牌。"威利特夫人说。

"或者玩桌灵转②。"罗尼建议说,"这是个令人毛骨悚然的夜晚。我们之前说到过,你们记得吗?瑞克夫特先生和我来这里的路上还在说这事儿呢。"

"我是英国心灵研究协会的成员,"瑞克夫特先生精确地指出,"这位年轻的朋友有一两处说错了的地方,我可以纠正他。"

"荒唐。"伯纳比少校清楚地表达了他的想法。

"哦!这很有趣,你不觉得吗?"维奥莱特·威利特说,"我是说,大家并不相信这些东西。这只是娱乐。你怎么想呢,杜克先生?"

---

① 罗尼(Ronnie)即罗纳德(Ronald)的昵称,也就是加菲尔德先生。
② 指通过桌子的非人力转动来表示幽灵显灵的手法,即桌仙。

"你喜欢就好，威利特小姐。"

"我们必须把灯关上，而且必须找张合适的桌子。不，不是那张，母亲。那张太沉了。"

终于，大家都同意了这个提议。一张光面的小圆桌被从隔壁房间拿了过来，放置到了壁炉前，每个人都围着桌子坐下，灯被关上了。

伯纳比少校坐在女主人和维奥莱特之间。维奥莱特的另一边是罗尼·加菲尔德。少校的唇间现出一丝冷笑。他心想：

"我年轻的时候都玩'举起手来，詹金斯'[①]。"他试着回忆起那个有着蓬松头发的女孩叫什么，他曾经在桌子底下和她十指相扣了很久。这些都是陈年往事了，但是"举起手来，詹金斯"曾经是个很不错的游戏。

他们都在大笑、低语、说些陈词滥调。

"幽灵可是要花很久才能到的。"

"有很长的路要走。"

"嘘——要是我们不认真的话就什么都不会发生。"

"哦！大家安静。"

"什么都没发生。"

"当然了。最开始都不会有什么的。"

"除非你们都安静下来。"

最后，过了一会儿，低声的谈话终于停止了。

一阵静默。

"这桌子不好用。"罗尼·加菲尔德愤慨地咕哝道。

"嘘。"

---

[①] Up Jenkins是一种聚会游戏，玩家在手掌中藏起一枚小硬币或者小纽扣，其对手要猜测硬币或纽扣在谁的哪只手里。该游戏规则广泛，并不固定，常常是喝酒时的惩罚游戏。

抛光的桌面上一阵颤动,桌子开始摇晃。

"问问题吧。谁来问?你来吧,罗尼。"

"哦……呃……我说……我要问什么?"

"有幽灵在吗?"维奥莱特提示说。

"哦!你好,有幽灵在吗?"

一阵剧烈的晃动。

"这是'有'的意思。"维奥莱特说。

"哦!呃,你是谁?"

没有回答。

"问问它能不能拼出自己的名字来。"

桌子开始猛烈地晃动。

"ABCDEFGHI——我说,是I还是J?"

"问它。是I吗?"

一次晃动。

"是的。下个字母。"

幽灵的名字是艾达(Ida)。

"你有话要对这儿的人说吗?"

"是的。"

"对谁说?威利特小姐?"

"不是。"

"威利特夫人?"

"不是。"

"瑞克夫特先生?"

"不是。"

"我?"

"是的。"

"是给你的信息，罗尼。继续。让它拼出来。"

桌子拼出了"戴安娜（Diana）"的名字。

"戴安娜是谁？你认识谁叫戴安娜吗？"

"不，我不认识。至少——"

"你又来了。他认识。"

"问问她是不是个寡妇？"

娱乐还在继续。瑞克夫特先生宽容地微笑着。让年轻人玩吧。他突然瞥了一眼女主人在火光中闪烁的脸，似乎充满忧虑，心不在焉的样子。她的思绪已经远远地飘向了别处。

伯纳比少校在想着下雪的事情。晚上还要继续下雪。这是他记忆中最凛冽而寒冷的一个冬天。

杜克先生玩得很认真。幽灵，哎呀，几乎不注意他。似乎所有的信息都是给维奥莱特和罗尼的。

维奥莱特被告知她将会前往意大利。会有人和她同行。不是女人，而是男人。他的名字是莱纳德。

然后是更多笑声。桌子拼出了小镇的名字，一大堆乱糟糟的字母组合，根本就不是意大利文。

人们开始用那套老掉牙的理由互相调笑。

"你看，维奥莱特（大家已经不叫她威利特小姐了），你在推桌子。"

"我没有。看，我把手从桌子上拿开了，它还是一样在晃动。"

"我喜欢敲击。我要让幽灵敲几下，大点声。"

"会有敲击声吧。"罗尼转头对瑞克夫特先生说，"应该要有敲击声，不是吗，先生？"

"在这种情况下，我看很难。"瑞克夫特先生冷淡地说。

又是一阵静默。桌子静止不动，幽灵没有回答问题。

"是艾达离开了吗？"

桌子慢吞吞地摇了一下。

"会有其他幽灵过来吗？"

没有反应。突然间桌子开始震颤，摇晃得很激烈。

"棒极了。你是新的幽灵吗？"

"是的。"

"你有消息要给谁吗？"

"是的。"

"给我的吗？"

"不是。"

"给维奥莱特？"

"不是。"

"给伯纳比少校？"

"是的。"

"消息是给你的，伯纳比少校。请你拼出来可以吗？"

桌子开始慢慢地晃动。

"TREV——你确定是V？不可能呀。TREV——这没什么意义呀。"

"自然是特里威廉（Trevelyan），"威利特夫人说，"特里威廉上尉。"

"你是说特里威廉上尉吗？"

"是的。"

"你有消息要给特里威廉上尉？"

"不是。"

"好吧，是什么消息呢？"

桌子开始摇晃起来，缓慢地，富有节奏地。慢到可以很容易就判断出是哪个字母。

"D——"停顿了一下，"E——AD。"

"死亡（Dead）。"

"有谁死了吗？"

桌子没有回答是或者不是，而是又开始摇晃起来，一直晃到字母T为止。

"T——你是说，特里威廉？"

"是的。"

"你是说特里威廉死了？"

"是的。"

这是一阵很猛烈的摇晃。

"是的。"

有人倒吸了一口气，桌子周围的人开始骚动。

当罗尼重新开始提问时，他的声音都有些跑调了，变得惊恐不安。

"你是说，那位特里威廉上尉死了？"

"是的。"

一阵静默。没有人知道接下来要问些什么，或者该如何应对这意料之外的发展。

在这阵静默之中，桌子又开始摇晃。

随着富有节奏而缓慢的摇晃，罗尼大声拼出了字母……

M-U-R-D-E-R（谋杀）……

威利特夫人发出一声尖叫，把手从桌子上拿开。

"我不想继续玩这个了，太恐怖了。我不喜欢这个。"

杜克先生的声音洪亮而清晰地响了起来，他正在问桌子问题：

"你是说，特里威廉上尉已经被谋杀了？"

问题的最后一个词才刚刚离开他的嘴唇，答案就到了。桌子非常剧烈而斩钉截铁地摇动了一下，几乎都要倒地了。只有一下晃动。

"是的……"

"喂，听我说，"罗尼说着把手从桌上拿开，"这真是个烂透了的玩笑。"他的声音颤抖着。

"把灯打开。"瑞克夫特先生说。

伯纳比少校站起身来开了灯。突如其来的强光照出了这些人苍白不安的面孔。

所有人都面面相觑。不知怎的，没有人知道要说些什么。

"当然了，这都是扯淡。"罗尼不安地笑着说。

"傻透了的胡说八道，"威利特夫人说，"人们不应该……不应该开这样的玩笑。"

"不应该开玩笑说有人死了。"维奥莱特说，"这——哦！我不喜欢这样。"

"我没有乱摇晃，"罗尼说，他感觉自己受到了无声的谴责，"我发誓我没有。"

"我也一样。"杜克先生说，"你也是吧，瑞克夫特先生？"

"我当然没有乱摇。"瑞克夫特温和地说道。

"你们不会认为是我开了那样的玩笑吧？"伯纳比少校低吼，"太糟心了。"

"维奥莱特，亲爱的——"

"我没有，妈妈。真的，我没有。我不可能做这样的事情。"女孩眼看着就要哭出来了。

每个人都很窘迫。突如其来的阴影笼罩了这次愉快的聚会。

伯纳比少校向后推开他的椅子,来到窗前,拉开窗帘。他站在那里,背对着房间向外看去。

"五点二十五分。"瑞克夫特扫了一眼时钟,和自己的手表比对了一下,不知为何,这次活动中的每个人都觉得这个动作似乎具有某种特定的意义。

"总之,"威利特夫人强打起精神来说,"我们还是喝点鸡尾酒吧。可以请你帮忙按一下铃吗,加菲尔德先生?"

罗尼遵从了。

调配鸡尾酒的各种原料都已经被送过来了,罗尼被任命去调酒。气氛缓和了一些。

"嗯,"罗尼举起玻璃杯,说,"敬大家一杯。"

其他人都回应了,只有窗前的那个身影无动于衷。

"伯纳比少校,给你鸡尾酒。"

少校一惊,慢慢地转过身来。

"谢谢你,威利特夫人。我就不喝了。"他再次看向了夜色,然后慢慢地返回到炉火旁的人群中,"非常感谢今天这段美妙的时光。晚安。"

"你不是要过去吧?"

"恐怕我必须去。"

"你不能这么快就走,何况外面的天气还这么糟糕。"

"对不起,威利特夫人,但我肯定要去。除非现在有一部电话。"

"电话?"

"是的。跟你说实话吧,我……好吧。我必须确定乔·特里威廉平安无事才行。虽然这只是愚蠢的迷信,但是确实发生了那样的事。自然,我不相信这些荒唐的玩意儿,但是……"

"但是这里你打不了电话，斯塔福特根本没有电话。"

"正是这样。既然我不能打电话，就必须去一趟。"

"去……但是你在路上都找不到一辆车！这样的夜晚艾默尔是不会出车的。"

艾默尔是当地唯一拥有汽车的人，一辆老旧的福特，那些想去艾克汉普顿的人会以非常可观的价格来雇用这辆车。

"不，不。车不是问题。我可以走过去，威利特夫人。"

大家都异口同声地反对。

"天哪！伯纳比少校，这是不可能的。你自己都说了，还要下雪的。"

"一小时，甚至更长时间之内都不会下的。我会安全抵达，不必担心。"

"哦！不可能的，我们不能让你这么做。"

她看起来非常慌乱不安。

但是伯纳比少校对她的争辩和恳求毫不理睬，他就如同磐石一般坚定。他是个顽固的人，一旦做了决定，就绝不动摇。

他已经决定了要走路去艾克汉普顿看看他的老朋友是否一切无恙，还把这个简单的计划重复了六遍。

最后大家终于意识到了他是真的打算这么做。他裹上大衣，点亮防风灯，大步迈入夜色之中。

"我会顺便回家拿个水瓶，"他轻快地说，"然后就直接过去。等我到了之后，特里威廉会留我住下的。我知道这都是些荒唐的大惊小怪。肯定没问题的，别担心，威利特夫人。下不下雪我都会在两三个小时之内到达的。晚安。"

说完他大步离开。其他人都回到了壁炉前。

瑞克夫特抬头看了看天空。

"要下雪了,"他低声对杜克先生说,"而且会在他到达艾克汉普顿前就开始。我……我希望他能顺利到达。"

杜克先生皱起了眉头。

"我知道。我觉得我应该和他一起去。我们中应该有人这么做。"

"太让人痛苦了,"威利特夫人说,"太让人痛苦了。维奥莱特,我不会再允许谁玩这种愚蠢的游戏了。可怜的伯纳比少校有可能会陷入雪堆中。就算他没陷进去,考虑到他的年纪,也可能会被冻坏。就这样出门真是太不明智了。当然了,特里威廉上尉肯定也好好的。"

所有人都回应:

"当然了。"

但即便是现在,他们也没能真正放下心来。

万一确实有什么事发生在特里威廉上尉身上……

万一……

## 第三章 五点二十五分

两个半小时之后,正好在八点前。伯纳比少校手中提着防风灯,低着头,以防雪花迷眼,跌跌撞撞地爬上通往黑兹尔姆尔的小路,那座小房子就是特里威廉上尉租住的房子。

雪在一个小时之前就下起来了。蒙人眼的大雪。伯纳比少校喘着气,呼出大团的哈气,精疲力竭。他冻得麻木了,跺着脚,打着喷嚏,用冻僵的手指去摁铃。

铃声颤抖而尖锐。

伯纳比等待着。数分钟的沉默之后,什么都没有发生,他又继续摁铃。

还是什么都没发生。

伯纳比摁了第三次铃。这一次,他一直就让铃响着。

铃一直响着,但是房子里依然没人回应。

门上有一个门环。伯纳比少校抓住它开始猛力扣动,击出雷鸣般的隆隆声。

房子依然一片死寂。

少校停下了动作。他惘然无措地站了一会儿,然后慢慢地回到路上,出了大门,继续走在他来艾克汉普顿的路上。走了一百码,到了一个小小的警察局。

他再次犹豫了,最后下定决心走了进去。

格雷夫斯警员认识少校，很是惊讶地站起来。

"哎呀，先生，没想到你今晚会出门。"

"听我说，"伯纳比简短地说，"我一直在上尉家门外按铃敲门，但是没有任何回应。"

"哦，当然了，今天是星期五。"格雷夫斯很了解他们两个的习惯，"别告诉我你还真大晚上的从斯塔福特跑到这儿来了，我敢说上尉肯定没盼着你来。"

"不管他有没有盼着我来，我还是来了。"伯纳比急躁地说，"而且我告诉你，我进不去。我一直又摁铃又敲门，但是没人应门。"

他的忧虑似乎传染给了警察。

"真是奇怪。"警察皱着眉头说。

"当然，很奇怪。"伯纳比说。

"他不可能出门，这种晚上。"

"当然了，他不可能出门。"

"太奇怪了。"格雷夫斯又说。

伯纳比对这个人漫不经心的态度表现出了不耐烦。

"你不打算做些什么吗？"他厉声说道。

"做些什么？"

"是的，做些什么。"

警察认真考虑着。

"他可能是生病了？"格雷夫斯的表情变得乐观起来，"我会试试打个电话。"电话在他的旁边，他拿起来拨了号码。

但是和门铃一样，特里威廉上尉没有回应。

"看起来他已经病倒了。"格雷夫斯放回了电话的听筒，"而且自己一个人在家。我们最好是叫上沃伦医生一起去看看。"

沃伦医生的家几乎就在警局的旁边。医生正在和他的妻子用餐,并不是很高兴被叫走,但是还是勉强同意跟他们一起去了,他穿上一件颇具年头的厚呢短大衣,套上一双旧胶靴,用编织围巾裹住了脖子。

雪仍在下。

"今晚天气真是糟透了,"医生咕哝道,"希望你们别让我白跑一回。特里威廉就像匹马一样结实,从来没有什么毛病。"

伯纳比没有回应。

他又一次来到了黑兹尔姆尔,摁响了铃,敲起了门,但依然没有回应。

医生建议绕着房子走一圈看看后面的窗户。

"从那里进比从门进要容易。"

格雷夫斯同意了,他们来到了房子后面。有一扇侧门。他们试着推开,但是门锁上了。很快,他们就站在了覆盖着白雪的草坪上,这里通向后窗。突然,沃伦发出一声大叫。

"书房的窗户——是开着的。"

确实如此,那扇法式窗户是半开着的。他们加快了步伐。像这样的夜晚,没有一个神志清醒的人会开着窗户。屋子中有灯光,透出了微弱的黄色光线。

三人同时来到窗前,伯纳比第一个进去,警察紧随其后。

他们两人都突然停住了脚步,这位退役军人的嘴里发出了一声压抑的叫喊。马上,紧随其后的沃伦医生也看到了这一切。

特里威廉上尉脸朝下趴在地板上,胳膊张开,房间里一片凌乱:书桌的抽屉被拉开了,文件也散落一地。旁边窗户靠近锁的地方裂成了碎片。特里威廉上尉旁边深绿色的台球桌布被卷成了直径两英寸的柱状沙袋。

沃伦纵身上前，跪到了这具卧倒的身体旁。

足足过了一分钟他才站起身来，脸色苍白。

"他死了？"伯纳比问道。

医生点点头。

然后他转身面对格雷夫斯。

"你来决定该怎么办吧。我除了检查尸体外什么都做不了，也许等探长来了再检查会更好。我现在就能告诉你死因。头骨粉碎，而且我想我能猜到凶器是什么。"

他指了指那根绿色的粗呢柱子。

"特里威廉常常把这东西堵在门下挡住穿堂风。"伯纳比说。

他的声音沙哑了。

"的确，台球布做成这样的沙袋很实用。"

"我的天哪！"

"但是这个——"警察插了一句，他终于开始明白了，"你是说——这是谋杀。"

警察走到放着电话的桌子边。

伯纳比少校走到医生旁边。

"你知不知道，"他呼吸沉重地说，"他大概死了多久？"

"大约两个小时，或者三个小时。只是个粗略的估计。"

伯纳比用舌头舔着干燥的嘴唇。

"你是说，"他问道，"他有可能是在五点二十五分被杀的吗？"

医生奇怪地看着他。

"如果一定要我说个准确时间的话，差不多就是那会儿吧。"

"天哪！"伯纳比说。

沃伦盯着他看。

少校摸索着找到了椅子，直接瘫倒在里面。他自言自语地嘟囔着，脸上满是惊恐。

"五点二十五分……天哪，那居然是真的！"

## 第四章 纳拉科特探长

悲剧发生后的第二天早晨,有两个男人站在了黑兹尔姆尔的小书房中。

纳拉科特探长正在四处查看,皱起了眉。

"是的,"他若有所思地说,"对。"

纳拉科特探长是一位非常能干的警官。他为人沉稳而坚韧,头脑清晰,对细节有着敏锐的洞察力,能发现旁人注意不到的细节,而这也给他带来了成功。

他个子很高,举止沉着,有一双略显疏离的灰眼睛,还有一口柔和缓慢的德文郡口音。

他被从埃克塞特[①]召来负责这起案子,是乘坐早上第一班火车过来的。公路已经无法行车,就算上了防滑链条也不行,否则他昨晚就到了。现在他站在特里威廉上尉的书房中,刚刚检查完房间。和他一起办案的是艾克汉普顿的波洛克警佐。

"嗯。"纳拉科特探长说。

一缕黯淡的冬日阳光透过窗户照进来。外边是一片银装素裹。窗外大约一百码处有一道栅栏,栅栏外就是大雪覆盖的山坡。

纳拉科特再一次弯下腰对尸体进行检查,他自己也是个热

---

[①] 英国的历史文化名城,德文郡郡治。

衷运动的人，熟知运动员的体型，他们都有宽阔的肩膀，窄窄的侧腹，还有结实的肌肉。肩上的头部相对比较小，还有修剪整齐的海军式胡子。特里威廉上尉如今六十岁，但是看上去不过五十一二岁。

"啊！"波洛克警佐说。

纳拉科特转向了他。

"你怎么看？"

"嗯——"波洛克警佐抓抓脑袋。他是个谨慎的人，并不愿意做不必要的推测。

"嗯，"他说，"就我看来，长官，我会说这个凶手是走到窗前，撬锁进来偷东西的。而特里威廉上尉，我猜他当时一定是在楼上。所以盗贼以为这栋房子里没人——"

"特里威廉上尉的卧室在哪里？"

"在楼上，长官。就在这间房间的上面。"

"现在这个时节，四点钟天就黑了。如果特里威廉上尉在楼上的卧室里，应该会开着电灯，盗贼一靠近窗户就能看见。"

"所以他就会另找时候再来？"

"没有人会在房子还亮着灯的情况下闯进来的。如果小偷破坏了窗子，多半是因为他觉得屋里没人。"

波洛克警佐抓了抓脑袋。

"似乎是有点怪，我承认。但是情况就是这样的。"

"我们先跳过这里，继续。"

"嗯，假设上尉听到了楼下有声音，下来查看。盗贼听到了动静，抓起门口的沙袋，藏在门后，然后，等上尉走进房间的时候就从后方袭击了他。"

纳拉科特探长点点头。

"不错，很有可能。他是面对着窗户的时候被人击倒的。但是波洛克，我还是不赞同这个想法。"

"我说得不对吗，长官？"

"这样说不通。就像我说的，我不相信有人会在下午五点钟闯空门。"

"嗯，他可能认为这是个好机会——"

"这并不是机会的问题。不是偶然发现窗户没关好就趁机溜了进来，这是故意闯入。看看这里，到处都是一团糟。一个盗贼会最先去找什么呢？肯定是放着银餐具的餐具间。"

"确实很有可能。"警佐承认道。

"这里的混乱，"纳拉科特继续说道，"这些被拽出来的抽屉、散落在地上的物品。呸！全都是假的。"

"假的？"

"你看看这窗户，警佐。这扇窗户并没有上锁，却被强行打破了！它只不过是被关上了，然后从外边给砸成碎片，造成破窗而入的假象。"

波洛克仔细地检查了窗户的插销，突然就叫出了声。

"长官，您是对的。"他的声音中饱含敬意，"谁会想到这点啊！"

"有人想要蒙蔽我们，却没有成功。"

波洛克警佐很感激纳拉科特用了"我们"这个词。纳拉科特探长用这种方式，赢得了许多下属的爱戴。

"所以，长官您的意思是，这不是入室盗窃，而是内部作案？"

纳拉科特探长点了点头。"是的。"他说，"唯一的疑点是，我认为凶手确实是从窗户进来的。就像你和格雷夫斯报告的那样，而且我自己也能看见，凶手的靴子踩过雪，雪融化的地方有湿脚印，依然清晰可见。这些潮湿的印迹只出现在了这间屋中。格雷夫斯警员非常肯定，当他和沃伦医生途经大厅的时候，大厅是没有印迹的。而一走进这间屋子，他立刻就注意到了。如果是那样的话，就是特里威廉上尉让凶手从窗户进来的。所以这一定是特里威廉上尉认识的人。你是个当地人，警佐，你能跟我说说特里威廉上尉是一个容易树敌的人吗？"

"不，长官，我可以说他在这世上没有仇敌。他在钱财上是有些吝啬，还有点军人作风，不能容忍懈怠或无礼，但是，天哪，他也因此而受人尊敬。"

"没有仇敌。"纳拉科特沉思着说。

"至少在当地没有。"

"没错。我们不知道他在海军服役的时候是否有仇家。虽然据我的经验来说，警佐，一个会与人结仇的人，无论在哪儿都会结下新的仇人，但是我同意，我们不能把这种可能性完全搁置。现在，再来想想别的动机——每个犯罪最常见的动机——利益。我记得没错的话，特里威廉上尉是个有钱人吧？"

"没错，他为人热情，但是吝啬。从他那里不容易获得捐助。"

"啊！"纳拉科特沉思道。

"那场雪下得可真大，"警佐说，"不过也多亏了那场大雪，我们才找到了嫌疑人的脚印，能作为继续追查下去的线索。"

"这栋房子里还有其他人居住吗？"探长问道。

"没有了。之前的五年，特里威廉上尉只有一个仆人。一个退役的年轻海军士兵。斯塔福特寓所那边有个女人每天会过来。不过负责煮饭和照顾上尉的是那个小伙子，伊万斯。大约一个月以前,他结婚了,上尉很是烦恼。我觉得这也是他把斯塔福特寓所租给那位从南非来的女士的原因之一。他不希望有女人住在自己家里。伊万斯夫妇就住在这附近的福尔街,而且每天都会来为特里威廉工作。我已经把伊万斯带过来了。他说他是昨天下午两点半离开的,上尉当时并不需要他做什么。"

"好,我要见见他。也许他能告诉我一些有用的线索。"

波洛克警佐好奇地看着他的上司。纳拉科特探长的语调有些古怪。

"你认为——"他说道。

"我认为,"纳拉科特探长慎重地说,"这桩案子比看起来的要复杂得多。"

"您指的是哪些方面,长官?"

但是探长没有解释。

"你说的这个人,伊万斯,现在在这儿吗?"

"他就在餐厅等着。"

"好,我立刻就去见他。他是个什么样的人?"

比起精确的描述,波洛克警佐更擅长报告事实。

"他是个退伍的海军士兵。我得说,是个难对付的家伙。"

"他喝酒吗?"

"据我所知,没有比他喝得更凶的。"

"那他的妻子呢?是上尉会欣赏的类型吗?"

"哦!不是的,长官,特里威廉上尉可不是那种人。非要说的话,他是个有名的厌女症患者。"

"伊万斯忠于他的主人吗?"

"基本上是的,长官,而且我觉得他要是不忠的话别人会知道的。艾克汉普顿是个小地方。"

纳拉科特探长点点头。

"好,"他说,"这里也没什么可看的了。我去见见那个伊万斯,然后看看房子的其他地方,完事儿之后我们去三皇冠旅馆见见伯纳比少校。他说的那个时间让我很好奇。五点二十五分,嗯?他肯定是知道什么事儿,但是没说,否则他为什么能说出这么精确的犯罪时间?"

两个人走向门口。

"这可真是个怪案子,"波洛克警佐说,他扫视着凌乱的地板,"凶手还制造了入室盗窃的假象!"

"我倒是没觉得奇怪,"纳拉科特说,"在这种情况下,这样做也是正常的。不,让我觉得奇怪的是这扇窗户。"

"窗户?"

"是的。凶手为什么要走到窗户那里?假设特里威廉认识这个人,直接就让他进来了,为什么不走前门呢?在昨晚那种天气里,雪那么厚,从路上走到这扇窗户前,肯定十分困难,也不怎么令人愉快。他这么做肯定是有原因的。"

"可能,"波洛克说,"这个人不想让人看见他进了房子。"

"昨天下午不太有可能会有谁目击他,没人会待在外边。不,肯定是有些别的原因。嗯,迟早会真相大白的。"

## 第五章 伊万斯

伊万斯正等在餐厅里。看到他们进来，伊万斯恭敬地站起身来。

他身材矮小结实，手臂很长，站着的时候总是半握着拳，胡子刮得很干净，有一双猪样的小眼睛，但他欢快而机敏的神态弥补了斗牛犬一般的外貌。

纳拉科特探长默默地记下了自己对此人的第一印象。

"聪明。世故而务实。看起来有些不安。"

然后他说：

"你是伊万斯？"

"是的，长官。"

"教名是什么？"

"罗伯特·亨利。"

"嗯。现在说说这桩案子吧，你都知道些什么？"

"一无所知，长官。我真的很吃惊，上尉居然遭遇了这种事！"

"你最后一次见到上尉是在什么时候？"

"我觉得是两点钟，长官。就在这里，我收拾好了午餐的东西，摆好了桌子，为晚餐做准备。上尉告诉我，离开之后就不用再回来了。"

"你一般都是怎么做的?"

"一般情况下,我会在七点左右再回来一趟,工作几个小时。也不总是这样,有时候上尉会告诉我不用再来了。"

"所以昨天他跟你说不必回来的时候,你并不惊讶?"

"不惊讶,长官。我前天晚上也没有来,因为天气太糟了。只要你不试图偷懒,上尉是一位非常体谅他人的绅士。我很了解他的为人。"

"他昨天具体说了什么?"

"嗯,他看看窗外,说,'伯纳比今天是没希望过来了。''就算斯塔福特因大雪完全与外界隔绝,'他说,'也不足为奇。这样的冬天,我也只在小时候见过。'他说的是他的朋友伯纳比少校,住在斯塔福特,总是在星期五的时候过来,和上尉一起玩棋类游戏还有离合诗。星期二的时候上尉会去伯纳比少校那里。这是上尉的老规矩了。然后他跟我说:'你可以走了,伊万斯,明天早上再过来。'"

"除了伯纳比少校,他昨天下午有没有提到和其他人的会面?"

"没有,长官,完全没有。"

"他的行为举止中有什么不寻常的地方吗?"

"没有,长官,我没有发现。"

"嗯!伊万斯,我记得你最近刚刚结婚了。"

"是的,长官。我夫人是三皇冠旅馆店主贝灵夫人的女儿[①]。是两个月之前的事情了。"

"特里威廉上尉对此不是很满意。"

---

[①] 此处原文说伊万斯夫人是贝灵夫人的女儿,但是后文有两处都说是她的侄女。

一丝浅浅的微笑闪现在伊万斯的脸上。

"上尉可生气了。瑞贝卡是个好姑娘，长官，而且是个好厨子。我原想我们能一起给上尉工作，但是他不肯，说他这座房子里不要女仆。实际上，长官，当那位从南非来的女士说想租下斯塔福特寓所过冬的时候，事态就已经僵化了。上尉租了这个地方，我每天都来干活儿，我不介意跟您说，长官，我还想着冬天过后上尉能改变主意呢，这样我和瑞贝卡就可以跟着他回到斯塔福特寓所了。哎呀，他甚至都不会知道她在房子里的。她可以一直待在厨房，可以做到让他不在楼梯上遇到她。"

"你知不知道特里威廉上尉为什么不喜欢女人？"

"没什么，长官，只是习惯罢了，仅此而已。我曾经见过许多这样的绅士。要我说，他只是害羞。他们在年轻的时候曾被年轻的女士冷漠怠慢过，于是就养成了这种习惯。"

"特里威廉上尉结过婚吗？"

"没有，确实没有，长官。"

"他有什么亲属吗，就你所知？"

"他有一个住在埃克塞特的妹妹，我记得他还提起过侄子的事情。"

"他们没来探望过他吗？"

"没有，长官。我听说他和妹妹在埃克塞特大吵了一架。"

"你知道她的名字吗？"

"我记得好像是叫加德纳，长官，但是我不确定。"

"你知道她的地址吗？"

"我不知道，长官。"

"好吧，毫无疑问，特里威廉上尉的档案里肯定有，总能找到的。伊万斯，昨天下午四点你在做什么？"

"我在家里，长官。"

"你家在哪里？"

"就在附近，长官，福尔街八十五号。"

"没有出门吗？"

"没有，长官。唉，雪下得太大了。"

"是，是。有没有人能证明你的这番话呢？"

"长官，您说什么？"

"有没有人知道你那时在家？"

"我的妻子，长官。"

"只有你和她在家吗？"

"是的，长官。"

"好，好，我没什么疑问了。就现在来说足够了，伊万斯。"

这位退伍士兵犹豫着。他将重心放到一只脚上，又移到另一只脚上。

"这里有什么我可以帮忙的吗，长官，清理一下？"

"不，这整个地方就保持现状。"

"我知道了。"

"你最好再等等，等我查看完一遍后再离开，"纳拉科特说，"以防我到时候还有问题想问你。"

"好的，长官。"

纳拉科特探长的目光从伊万斯转到房间上。

这场问询是在餐厅进行的。桌子上放着晚餐。有冷牛舌、腌菜、斯第尔顿奶酪以及饼干，煤气炉上的炖锅还盛着汤。餐具柜里有个玻璃酒架，一根苏打水吸管和两瓶啤酒。还有一大排银酒杯，其中还夹杂了些不太协调的东西——三本非常新的小说。

纳拉科特探长翻查了一两个酒杯，读了读上面的铭文。

"有点像运动员，特里威廉上尉。"他观察道。

"是的，确实如此，长官。"伊万斯说，"他一直热爱运动。"

纳拉科特探长读了一下小说的标题，《转动爱情的钥匙》《林肯好汉》《爱情囚犯》。

"呵，"他评论道，"上尉的文学品位和他有点不相称。"

"哦！那个，长官。"伊万斯笑道，"那个不是读物，长官。而是铁路图名称竞赛的奖品。上尉用不同的名字，包括我的名字在内，解答了十个问题，因为他说福尔街八十五号很像一个能获奖的地址！上尉认为，名字和地址越平民化，越容易获奖。我确实获奖了——但不是两千英镑，而是三本小说——而且在我看来，是那种你不会在店里花钱去买的小说。"

纳拉科特笑了起来，然后又提到让伊万斯等等，他则继续进行侦查。房间的角落有一个大橱柜，几乎有一个小房间那么大。里面随意摆放了两副滑雪板，一对安装好的短桨，十或者十二颗河马牙齿，钓竿和鱼线，还有其他各种钓鱼工具，甚至包括一本关于苍蝇的书，一袋高尔夫球棍，一把网球拍，一个填充并安装好的大象脚标本，还有一张虎皮。很明显，特里威廉上尉在布置斯塔福特寓所的时候，将他最值钱的财产都搬过来了，他显然不信任他的女性租客。

"真是奇怪啊，他把这些玩意儿都带着，"探长说，"寓所不是只出租了几个月吗？"

"是的，先生。"

"他完全可以把这些东西锁在斯塔福特寓所的某处。"

伊万斯第二次在询问的过程中笑了起来。

"那肯定是最简单的做法，"他赞同道，"不过斯塔福特寓所没有多少橱柜——那是建筑师和上尉一起设计的，而壁橱的价值只有女人才能真正理解。但是，正如您所说，长官，锁起来才是常规做法。把这些东西运过来很费力——真的很费力！但是，上尉根本不能容忍任何人动他的东西。如果像您说的那样锁起来，他说，女人总会想到办法打开的，这是好奇心使然。他还说，如果你不想让她接触到什么东西，干脆就不要锁起来。但最棒的方法是直接带走，这样才能确保安全无虞。所以我们就把东西搬过来了，就像我说的，很费力，而且还花费不菲。但上尉很爱惜它们，它们就像是他的孩子一样。"

伊万斯停下喘了口气。

纳拉科特探长沉思着点点头。他恰好有个疑问，此时看来正是提起的最佳时机。

"这个威利特夫人，"他随意地问道，"是上尉的老朋友或者熟人吗？"

"哦，不是的，长官，她是个陌生人。"

"你确定吗？"探长尖锐地问道。

"嗯……"探长犀利的话语让这位老兵很是震惊，"上尉从没有这么说过，但是，哦，是的，我确定。"

"我之所以问，"探长解释道，"是因为这个季节来租房很奇怪。另一方面，如果这位威利特夫人是特里威廉上尉的熟人，又很了解那栋房子，就可能会写信给他说要租下。"

伊万斯摇摇头。

"是通过中介——威廉森房产中介——联系的，中介说他们这边有一位夫人想要租房。"

纳拉科特探长皱起了眉头。他觉得出租斯塔福特寓所这件事本身就很怪异。

"我猜，特里威廉上尉和威利特夫人见过面？"他问道。

"哦！是的。她来看房子，是上尉带着她看的。"

"你还是很肯定他们之前没有见过？"

"哦！我很肯定，先生。"

"他们……嗯……"探长停顿了一下，试图将问题组织得更自然些，"他们相处得好吗？态度友好吗？"

"那位夫人是友好的。"伊万斯嘴边露出一丝微笑，"至少比上尉要友好。她很欣赏那栋房子，还问上尉是否在建造前做过一番设计。态度好得都有点夸张了。"

"那上尉呢？"

他的笑容扩大了些。

"这种过分热情的夫人对他来说毫无影响。他很礼貌，但是仅此而已。而且他拒绝了她的各种邀请。"

"邀请？"

"是的，她让他把这里还当是自己家，随时都可以过来'顺便拜访一下'，她是这么说的。当你住在六英里外的时候，很难说是顺便拜访。"

"她看上去是否很急着，嗯，要见到上尉？"

纳拉科特觉得很疑惑。这就是她想要租下房子的原因吗？只是为了结识特里威廉上尉？这是她的真实目的吗？可能她没料到上尉会住到艾克汉普顿去吧。她可能以为他会搬进其中的一间小屋，也许会和伯纳比少校共住一间。

伊万斯的回答也无济于事。

"大家都说，她是一位很好客的夫人。每天都有人去共进午餐和晚餐。"

纳拉科特点点头，这里似乎已经没有更多线索了。不过他决定尽早去见见威利特夫人，她突然到来的原因值得探究。

"来吧,波洛克,我们上楼去吧。"他说。

他们将伊万斯留在了餐厅,然后去了楼上。

"你觉得怎么样?"波洛克警佐低声问道,朝后面餐厅的方向点了点头。

"他似乎没什么问题。"探长说,"但谁说得准呢?不过,他无论如何都不是个傻子,那个家伙。"

"他是那种有头脑的人。"

"他的故事听上去直截了当,"探长继续说,"清清楚楚、大大方方。但是,要我说,谁知道呢。"

秉承着一贯的谨慎和多疑,探长如是说道,然后继续搜查起二楼的房间。

这层有三间卧室和一间浴室。两间卧室是空的,而且很明显已经有好几个星期都没人进去过了。第三间卧室是特里威廉上尉自己的房间,很精致,井然有序。纳拉科特探长穿行其间,打开了抽屉和壁橱。每样东西都安放在该放的地方。这间房体现出了男主人过分干净整洁的习惯。纳拉科特结束了侦查,扫了一眼毗邻的浴室。这里也是,所有东西都井井有条。他最后又扫了一眼床上,十分整洁,上面放着叠好的睡衣。

然后他摇了摇头。

"这里没什么线索。"他说。

"是,所有东西都整整齐齐。"

"书房的书桌上有一些文件。你最好去看看,波洛克,告诉伊万斯他可以走了。之后我可能会给他打电话,去他的住处找他。"

"好的,长官。"

"尸体可以移走了。对了,我想见见沃伦医生。他住在这附近吗?"

"是的,长官。"

"是往三皇冠旅馆的方向还是另一个方向?"

"另一个方向,长官。"

"那我先去三皇冠旅馆吧。走吧,警佐。"

波洛克去餐厅遭走了伊万斯。探长出了前门,快速朝三皇冠旅馆的方向走去。

## 第六章 在三皇冠旅馆

结束了和贝灵夫人漫长的谈话后,纳拉科特去见了伯纳比少校。贝灵夫人是三皇冠旅馆的合法经营者。她是一个容易激动的胖夫人,说起话来喋喋不休,你只能耐心地听着,等她说完,否则什么都做不了。

"真是骇人的夜晚,"她最后说道,"谁都想不到那位可怜的绅士会遭遇这样的事情。那些可恶的流浪汉。我说过好多次了,我不能容忍那些可恶的流浪汉。他们能害了任何人,而上尉连一条保护他的狗都没有。他们怕狗,流浪汉不能容忍狗的存在。啊,真是世事难料。"

"是的,纳拉科特先生,"她回答了探长的提问,"少校正在吃早餐。你可以在咖啡屋见到他。他晚上也没有睡衣,什么都没有,真是难以想象。我一个寡妇,也没什么东西能借给他。也难怪他那么烦躁古怪,他最好的朋友被谋杀了。他们两位都是很好的绅士,尽管上尉有点吝啬。啊,好吧,好吧,我一直觉得住在斯塔福特挺危险的,太偏僻了。而上尉却在艾克汉普顿被杀了。越是意想不到的事情越容易发生,不是吗,纳拉科特先生?"

探长说,毫无疑问,确实是这样的,然后他加了一句:

"昨天有谁待在这里吗,贝灵夫人?有陌生人入住吗?"

"让我想想。有莫尔斯比先生和琼斯先生,他们是商人,还有一位从伦敦来的年轻绅士。没有别人了。因为天气的关系,每年这个时候人都不多。这里的冬天非常安静。哦,还有一个年轻人,是乘最后一趟列车来的。是个好管闲事的小伙儿,他现在还没起床。"

"最后一趟列车?"探长问道,"那是十点钟才到,对不对?我觉得我们不必麻烦他了。另一个人,那个从伦敦来的,你了解他吗?"

"我从来没见过他。他不是商人,当然不是,应该是比商人更尊贵的人。我这会儿想不起来他的名字了,但是你可以从登记簿上找到。他是乘最早的一趟火车离开的,去往埃克塞特,六点十分发车。非常奇怪,我真想知道他是来这里干什么的。"

"他没有提过吗?"

"完全没有。"

"他外出过吗?"

"他是午餐时分到的,大约四点半出门,六点二十左右回来的。"

"他出门的时候去了哪里?"

"我完全不知道,先生。可能是去散步吧。那是在下雪之前,但那天算不上适合散步的日子。"

"四点半出门,回来的时候是六点二十。"探长沉思道,"这真是相当奇怪,他有没有提起特里威廉上尉?"

贝灵夫人果断摇了摇头。

"没有,纳拉科特先生,他压根儿就没有提起任何人。他不爱与人来往,是个相貌英俊的年轻人,但是看起来总是心事重重的。"

探长点点头,走到一旁去检查登记簿。

"詹姆斯·皮尔森，伦敦。"探长说，"嗯，这些也没有说明什么。看来我们需要对这位詹姆斯·皮尔森先生做一些调查了。"

然后他大步走进咖啡屋寻找伯纳比少校。

咖啡屋里只有少校一人。他正在喝一杯看起来有些黏稠的咖啡，面前打开了一份《泰晤士报》。

"伯纳比少校？"

"是我。"

"我是来自埃克塞特的探长纳拉科特。"

"早上好，探长。是有什么进展了吗？"

"是的，先生。可以说，我们已经有了一点进展。"

"很高兴听到这个消息。"少校冷淡地说，似乎不太相信。

"我只有一两个问题想弄清楚，伯纳比少校，"探长说，"也许你可以提供我需要的信息。"

"我尽力而为。"伯纳比少校说。

"就你所知，特里威廉上尉有什么仇敌吗？"

"他在这世上没有敌人。"伯纳比少校果断地说。

"那个人，伊万斯——你觉得他值得信任吗？"

"应该可以相信，我知道特里威廉信任他。"

"上尉没有不同意他结婚吧。"

"没有。特里威廉只是有点烦恼，他不愿意扰乱了自己的习惯。老单身汉，你懂的。"

"说到单身汉，我还有一个问题。特里威廉上尉没有结婚，你知道他是否立过遗嘱吗？如果没有遗嘱的话，你知道有谁会继承他的遗产吗？"

"特里威廉立过遗嘱。"伯纳比立刻答道。

"啊——你知道。"

"是的。他将我立为了遗嘱执行人,他是这么告诉我的。"

"你知道他是怎么处理财产的吗?"

"那我就说不上来了。"

"我听说他相当富有?"

"特里威廉是个有钱人。"伯纳比回答,"我只能说,他比大家想得要富裕得多。"

"就你所知,他有什么亲戚吗?"

"我知道他有个妹妹,还有几个侄子和侄女。没怎么见过面,但是也没起过什么争执。"

"你知道他把遗嘱放在哪里吗?"

"沃尔特斯与柯克伍德律师事务所,是艾克汉普顿的律师。他们给他起草的。"

"那么,伯纳比少校,作为遗嘱执行人,你现在是否可以跟我一起去沃尔特斯与柯克伍德律师事务所走一趟?我想尽快知道遗嘱的内容。"

伯纳比警觉地抬眼看他。

"为什么?"他说,"遗嘱跟这事儿有什么关系吗?"

纳拉科特探长并不想太早地阐明自己的想法。

"这个案子并不如我们想象的那么一目了然,"他说,"顺便说一下,我还有一个问题想问。伯纳比少校,你是不是问了沃伦医生死亡时间是否有可能是五点二十五分?"

"嗯。"少校生硬地说。

"你是如何说出如此精确的时间的,少校?"

"有什么问题吗?"伯纳比说。

"嗯,你肯定是想到了什么吧。"

伯纳比少校在回答之前停顿了好一会儿,纳拉科特探长的兴趣被激起来了。少校很明显是有事情想要隐瞒。探长看着他的样子，觉得有些好笑。

"我为什么不能觉得是五点二十五分？"他强硬地说道，"或者是五点三十五分，或者四点二十分，有什么关系？"

"确实如此，阁下。"纳拉科特探长安抚地说。

他此刻还不想和少校起争执。他决定了要在今天之内弄清事情的底细。

"有件事让我觉得很奇怪，阁下。"他继续说。

"什么？"

"是出租斯塔福特寓所的事。我不知道你是怎么想的，但在我看来很奇怪。"

"要是你问我，"伯纳比说，"是挺怪的。"

"你也这么想？"

"每个人都这么想。"

"在斯塔福特的人？"

"斯塔福特和艾克汉普顿的人都这么想，那个女人肯定是疯了。"

"好吧，毕竟人各有所好。"探长说。

"一个那样的女人，有这种喜好也太奇怪了。"

"你认识那位女士？"

"我认识她。那时我还正好在她家呢——"

"什么时候？"纳拉科特抓住了他突然的停顿。

"没什么。"伯纳比说。

纳拉科特探长看着他，目光锐利。少校的这句话引起了他的兴趣，伯纳比少校明显的不安和尴尬没能逃过他的眼睛。少校即将要说的，是什么？

"一步一步来，"纳拉科特想着，"这个时候不要惹毛了他。"

他故作天真地大声说道：

"阁下，你说你在斯塔福特寓所。那你是否知道，那位夫人在那儿住了多久？"

"几个月了。"

少校很想掩饰他自己轻率的话语带来的结果，这让他变得比平常话更多了。

"是一位寡居的夫人和她的女儿吗？"

"是的。"

"她有没有讲过为什么会选择住到这里？"

"嗯……"少校犹豫不决地揉了揉鼻子，"她话很多。她是那种女人：容貌端正、清新脱俗，但是——"

他不由自主地停下了，纳拉科特探长接着问道：

"你有没有觉得，即使是从她的角度来看，这件事也很蹊跷？"

"嗯，是的。她很时髦，打扮华丽入时。她的女儿是个聪明、美丽的女孩儿。一般来说，她们应该住在丽兹大饭店或者克拉里奇饭店才对，或者是别的豪华酒店。你知道的。"

纳拉科特点点头。

"她们有点封闭，不爱见人，是不是？"他问道，"你觉得她们是不是……嗯……在隐藏什么？"

伯纳比少校很肯定地摇了摇头。

"哦！不，并不是那种感觉。她们很好交际，甚至有点过头。我是说，在斯塔福特这么个小地方，你都不用提前预约，当邀请到了你眼前，就会有点尴尬。她们是十分友好、好客的人，对英国人来说，有点太好客了。"

"殖民地的作风。"探长说。

"是的,也许吧。"

"你觉得她们会不会之前就认识特里威廉上尉?"

"肯定不认识。"

"你似乎很肯定。"

"乔告诉过我。"

"你不认为她们的动机可能是,嗯,尽力结识上尉吗?"

这对少校来说是个崭新的想法,他思考了一会儿。

"好吧,我从来没有这么想过。她们确实对他过分热情,但是她们也没有改变过乔。我依然觉得这就是她们平常的处事方式。过度热情,你知道的,就像殖民地的居民那样。"这位十分保守的军人又加了一句。

"我了解了。现在来说说那个寓所本身吧,那儿是特里威廉上尉建造的吗?"

"是的。"

"没有其他人住进去过吗?我的意思是说,斯塔福特寓所有没有租出去过?"

"从来没有。"

"那么似乎这栋房子并不是吸引她们搬来的原因。这可真是个谜团。十有八九这房子和案子是没什么关联的,但这个巧合还是让我觉得很奇怪。特里威廉上尉租的那栋房子,黑兹尔姆尔,是谁的产权?"

"是拉朋特小姐的房子,她已过中年,去切尔滕纳姆的公寓过冬了,每年都是。通常都会关门上锁,不过要是能租出去的话她也会出租,只是不太常见。"

似乎走进了死巷。探长摇着头,表情失望。

"威廉森是他的房产中介,对吧?"他说。

"是的。"

"他们的办公室在艾克汉普顿吗?"

"在沃尔特斯与柯克伍德律师事务所的隔壁。"

"啊!那如果你不介意的话,少校,我们就顺路去拜访一下。"

"没问题。不过十点之前你是见不到柯克伍德的。要知道,律师就是那样。"

"那我们走吧。"

少校不久前就已经吃完了早餐,此时点点头,站起身。

## 第七章 遗嘱

在威廉森先生的办公室中,一个长相机敏的年轻人站起身来迎接了他们。

"早上好,伯纳比少校。"

"早上好。"

"真是吓人的事件,"年轻人闲聊着,"艾克汉普顿已经好多年没出过这种事了。"

他说得兴致盎然,但是少校却眉头紧蹙。

"这位是纳拉科特探长。"他说道。

"哦!是的。"年轻人有些激动。

"我想了解一些情况,也许你能告诉我。"探长说,"听说斯塔福特寓所是通过你租出去的。"

"是租给威利特夫人的那所房子吗?是的,是我们运作的。"

"你能告诉我一些细节吗?那位女士是亲自上门要求,还是通过信件?"

"通过信件。她写了信,让我看看——"他打开了一个抽屉,翻出了一个文件夹,"是的,信来自伦敦卡尔顿饭店。"

"她提到了斯塔福特寓所这个名字?"

"没有,只是说她想租个房子过冬,房子要在达特穆尔,而且起码要有八个卧室。至于是否挨着火车站或者小镇则无关紧要。"

"斯塔福特寓所是否在你们的名册上呢?"

"不,名册上没有。但是事实上,那栋房子是附近唯一符合要求的。那位夫人在信件中提到,她愿意支付十二几尼,这种情况下,我想还是值得写信问问特里威廉上尉是否考虑把房子租出去的。他的答复是肯定的,我们就商谈妥当了。"

"威利特夫人都没有看房子就谈妥了?"

"她同意不用看房就租下,然后就签了协议。后来有一天她来到这儿,开车去了斯塔福特,见了特里威廉上尉,和他商讨了盘盏被单之类的事情,然后去看了房子。"

"她很满意吗?"

"她进去看了,说很是高兴。"

"那你是怎么想的呢?"纳拉科特探长目光锐利地看着他问道。

年轻人耸了耸肩膀。

"在房产生意上,发生什么都不奇怪。"他回答。

这句颇具哲学意味的话为谈话画上了句号,探长就此告辞,临行前感谢了年轻人提供的帮助。

"没关系,这是我的荣幸。"

他礼貌地陪着他们走到了门边。

沃尔特斯和柯克伍德的办公室正如伯纳比少校所言,就在房产中介的旁边。到了那儿,他们被告知柯克伍德也刚来,然后被领进了房间。

柯克伍德先生是一位和蔼的长者。他是艾克汉普顿本地人,继承了父亲和祖父的事务所。

他站起身来,流露出哀痛的表情,同少校握了手。

"上午好,伯纳比少校。"他说,"这件事真是太让人震惊了,确实是非常震惊。可怜的特里威廉。"

他询问似的望着纳拉科特,伯纳比简单地解释了一下纳拉科特的来意。

"你负责这个案子吗,纳拉科特探长?"

"是的,柯克伍德先生。为了调查案件,我来向您询问一些信息。"

"我很乐意提供信息,知无不言。"律师说道。

"事关已故特里威廉上尉的遗嘱,"纳拉科特说,"我知道遗嘱在您这里。"

"是的。"

"这份遗嘱已经立了有些时候了吗?"

"五六年前立的,我不太记得具体的日期了。"

"啊!柯克伍德先生,我想尽快知道那份遗嘱的内容,这可能跟案子有重要联系。"

"是这样吗?"律师说,"真的,我没有想到这点,但你肯定最清楚自己的案子,探长。好吧——"他瞥了一眼旁边的人,"伯纳比少校和我本人是遗嘱的共同执行人,如果他没有反对意见的话——"

"没有。"

"那么我也没什么理由反对你的请求,探长。"

他站在桌边拿起电话讲了几句,很快一个事务员走进房间,把一个密封好的信封放在了律师的面前。事务员离开了房间,柯克伍德先生拿起信封,用裁纸刀裁开,拿出了一大份看上去很重要的文件,清了清嗓子,开始朗读——

    本人,约瑟夫·亚瑟·特里威廉,住在德文郡斯塔福特的斯塔福特寓所，于一九二六年八月十三日，声明这份遗嘱为最终版本。

（1）我指定居住在斯塔福特一号小屋的约翰·爱德华·伯纳比，以及艾克汉普顿的弗雷德里克·柯克伍德作为我遗嘱的执行人和托管人。

（2）我赠给忠诚地服侍我的罗伯特·亨利·伊万斯扣除遗产继承税后总值一百英镑，作为他个人所得，前提是他在我死前仍为我服务，且没有接到被辞退的通知。

（3）作为我们友谊的证明，并为表达我的情感和尊敬，我赠给约翰·爱德华·伯纳比我所有的体育奖品，其中包括大型猎物的头部和皮毛，以及在所有体育运动方面的奖杯和奖品，还有我财产中捕猎所得的战利品。

（4）我将我所有的不动产和个人财产，所有未在这份遗嘱或其他附件中提及的部分，全部交予我的托管人来进行变卖，转换成相应的钱财。

（5）我的托管人需用这笔钱来支付我的丧葬费用以及遗嘱的各项花销，偿还欠款，支付遗产、遗嘱或相关附录产生的遗产税和其他费用。

（6）我的托管人应暂时将剩余财产进行投资或托管，分成均等的四个部分。

（7）在对上述财产进行等分之后，托管人应将其中的一份支付给我的妹妹珍妮弗·加德纳，供她个人使用和享有。

托管人应将另外三份按照委托交给我已故的妹妹，玛丽·皮尔森的三个孩子，作为每个孩子的财产。

我，约瑟夫·亚瑟·特里威廉，谨此于一九二六年八月十三日签署，特此证明。

　　上述遗嘱，经余等人在场见证，由立嘱人亲自签署，作为其最后遗嘱。同时余等人应其所请，为之见证，签署时，该立嘱人与余等两人均同时在场，此证。

柯克伍德先生将文件交给了探长。

"我办公室里的书记员可以做证。"

探长若有所思地用眼睛浏览了一遍。

"'我已故的妹妹，玛丽·皮尔森'，"他说，"柯克伍德先生，您能跟我说说这位皮尔森夫人的事情吗？"

"我知道得很少。我记得，她是十年前去世的。她的丈夫是一个股票经纪人，早于她去世。据我所知，她从来没有来这里拜访过特里威廉上尉。"

"皮尔森，"探长重复了一遍这个名字，然后又接着说，"还有一件事。遗嘱里并未提及特里威廉上尉的财产总额。您觉得会有多少呢？"

"这可说不好。"柯克伍德说，他就像所有律师一样，喜欢把简单的问题复杂化，"关于不动产和个人财产的问题，除了斯塔福特寓所，特里威廉上尉还有普利茅斯周围的一些财产，他的各种投资产生的价值会时不时地发生波动。"

"我只是想知道一个大概。"纳拉科特探长说。

"我不想发表——"

"只是一个粗略的数值用以参考。例如两万英镑，有没有差得很多？"

"两万英镑。我亲爱的探长！特里威廉上尉的财产至少是它的四倍。八万或九万英镑可能更接近这个数值。"

"我告诉过你,特里威廉是个有钱人。"伯纳比说。

纳拉科特探长站起身来。

"非常感谢您,柯克伍德先生,"他说,"感谢您提供的信息。"

"这些信息很有用吗?"

律师明显很好奇,但是此刻纳拉科特探长却没有心情来满足他的好奇心。

"在调查这样的案子时,我们必须考虑到方方面面,"他含糊地说,"顺便问一下,您有珍妮弗·加德纳和皮尔森家的地址及具体姓名吗?"

"皮尔森家我不清楚。加德纳夫人的地址是埃克塞特沃尔登路月桂树公寓。"

探长把这些都记在了本子上。

"这些会有帮助的,"他说着,"你知道已故的皮尔森夫人留下了几个子女吗?"

"三个,我记得是。两个女孩一个男孩,或者可能是两个男孩一个女孩,具体的记不清了。"

探长点点头,收起了笔记本,再一次感谢了律师便离开了。

来到大街上时,他突然转过身来面对他的同伴。

"就是现在了,阁下,"他说道,"我们需要知道关于五点二十五分的真相了。"

伯纳比少校的脸恼怒地红了。

"我已经告诉过你了——"

"那种说法可不能让我接受。知情不报,这就是你现在所做的事情,伯纳比少校。当你对沃伦医生提及那个特定的时间时,肯定是想到了什么——而且具体是什么,我也已经有了想法。"

"要是你已经知道了,为什么还要问我?"少校吼道。

"你知道特里威廉上尉会跟某个特定的人约见,就在那个时间。我说得对吗?"

伯纳比少校惊讶地看着他。

"不是那样的,"他咆哮着说,"不是那样。"

"说话要小心,少校。是詹姆斯·皮尔森吗?"

"詹姆斯·皮尔森?詹姆斯·皮尔森是谁?你是说特里威廉的一个侄子吗?"

"我猜他是一个侄子。他有个侄子叫詹姆斯,不是吗?"

"我不知道。特里威廉有侄子——这个我知道。但是他们的名字,我就不清楚了。"

"咱们谈论的这个年轻人昨天晚上就在三皇冠旅店。你可能在那儿认出了他。"

"我谁都没认出来。"少校吼道,"我这辈子从来就没见过特里威廉的侄子。"

"但是你知道特里威廉上尉昨天下午在等他的侄子。"

"我不知道。"少校咆哮。

大街上有几个人转身过来盯着他看。

"该死的,你怎么就不接受大实话呢!我根本就不知道什么约见。就我所知,特里威廉的侄子们可能还在廷巴克图① 呢。"

纳拉科特探长有点吃惊。少校激烈地否认,听起来如此真情实感,让人觉得他不可能是在说谎。

"那五点二十五分到底是什么意思?"

"哦!好吧,我还是老老实实告诉你吧,"少校很窘迫地咳嗽

---

① Timbuctoo,马里城市,这里有"地图的尽头""遥远的地方"的意思。

着,"但是请注意——这整个事情都很愚蠢可笑,荒唐透顶。任何有思想的人都不会相信这些胡说八道。"

纳拉科特探长越来越好奇,伯纳比少校则越发羞愧难耐。

"你也知道,探长。有时为了取悦女士,你不得不参加那些聚会。当然,我从来没想到这里面真有什么名堂。"

"什么里面,伯纳比少校?"

"桌灵转。"

"桌灵转?"

纳拉科特想到了无数种可能性,就是没想到这个。少校开始结结巴巴地解释起来,还掺杂了不少他自己对此类灵异事件的偏见。他描述了那个下午发生的事情,还有那只"幽灵"带给他的信息。

"伯纳比少校,你是说,那张桌子拼出了特里威廉的名字,通知你他已经死了——被谋杀了?"

伯纳比少校擦了擦额头。

"是的,就是这么回事儿。我并不相信,当然不信。"他有些难为情,"嗯,但那天毕竟是星期五,我还是想确认一下,过来看看是不是一切都好。"

探长认真思考着,那天晚上道路上堆满厚厚的积雪,晚些时候还可能会有暴雪,步行六英里绝非易事。他意识到,虽然伯纳比少校否认了,但他肯定对这个幽灵的消息印象深刻。纳拉科特在脑中想了想,这是个古怪的事儿——非常古怪,是那种你不能给出满意解答的事情。不管怎样,这个幽灵事件的背后可能会有点什么问题。这是他碰到的第一起这方面的真实案例。

总而言之,这是一起非常怪异的案子,但是这样一来,伯纳比少校的态度就说得通了。不过他自己倒是觉得这个灵异事件和现实中的案件无关。他要处理的是实实在在的现实中的事儿，而非什么超自然的东西。

他的工作是追查谋杀案。

完成这件工作，他不需要求助幽灵世界。

## 第八章 查尔斯·恩德比先生

探长扫了一眼手表，意识到他要是加快点速度，就能赶上去埃克塞特的火车。他很焦急地想要尽快询问特里威廉上尉的妹妹，好从她那里获取其他家庭成员的地址。所以他飞快地向伯纳比少校告辞，匆匆跑向了车站。少校折回了三皇冠旅馆。他刚刚跨过门槛，就有一个脑门闪亮、圆脸孩子气的活泼年轻人来跟他搭话。

"您是伯纳比少校？"年轻人说道。

"是的。"

"住在斯塔福特的一号小屋中？"

"是的。"伯纳比少校回答。

"我是《每日资讯》的人，"年轻人说道，"我——"

他没能继续说下去。少校开始用一种老式军队般的作风向他大声吼话。

"别再说了。"他咆哮着说，"我知道你们这类人。没有规矩，毫不讳言。就像秃鹰绕着死尸一样绕着凶杀案打转。但是我可以告诉你，年轻人，你是不会从我这里得到任何东西的，一个字都没门儿。我不会给你们那见鬼的报纸任何东西。如果你想了解什么，自己去找警察问，给逝者的朋友留点清净。"

这个年轻人似乎完全没有被吓到。他比之前笑得更灿烂了。

"嘿，先生，您完全搞错了。我对这件凶杀案完全不了解。"

严格说起来，他说的并不是真的。这桩案子打破了荒野小镇的平静，任何艾克汉普顿的居民都不可能假装忽视。

年轻人继续说道："我是代表《每日资讯》来给您五千英镑支票的，祝贺您成为唯一给出足球竞赛正确答案的人。"

伯纳比少校愣住了。

"毫无疑问，"年轻人接着说，"您昨天早上应该已经收到通知这则好消息的信件了。"

"信？"伯纳比少校说，"年轻人，你知道斯塔福特被埋在十英尺深的大雪中吗？你觉得我们收到最近几天信件的概率有多大？"

"但是您肯定在今早的《每日资讯》上看到我们宣布您为赢家的新闻了吧？"

"没有。"伯纳比少校说，"我今天上午还没看过报纸。"

"啊！当然了，"年轻人说，"因为那件令人悲伤的案子。我知道被害者是您的朋友。"

"我最要好的朋友。"少校说。

"真是不走运。"年轻人识趣地移开了目光。他鞠了个躬，从口袋里掏出一张折起来的淡紫色小纸片交给伯纳比少校。

"代表《每日资讯》向您致以问候。"他说。

伯纳比少校接过来，事到如今，他只有一句能说的话。

"要不要喝一杯，这位——？"

"恩德比，我叫查尔斯·恩德比。我昨晚刚到这里。"他解释道，"打听了前往斯塔福特的路。我们一定要亲手将支票交给获胜者，还通常会登载一则采访，以飨读者。嗯，大家都告诉我这是不可能的了——因为一直在下大雪，任务是完不成了。能在三皇冠旅馆找到您实在是太幸运了。"他笑着说道,"验明您的身份也不是难事儿,这里每个人都相互认识。"

"你来点儿什么?"少校问他。

"啤酒吧。"恩德比说。

少校点了两扎啤酒。

"这地方的人都在说那桩案子的事。"恩德比说,"人人都说这是个相当神秘的案子。"

少校嘟囔着。他正处于左右为难的境地。他对记者的看法依旧没有改变,但是面对一个刚刚交给他五千英镑支票的人,他总不能跟人家说见鬼去吧。

"他没有敌人吗?"年轻人问道。

"没有。"少校回答。

"但是我听说,警察并不认为这是一起抢劫案。"恩德比继续说道。

"你是怎么知道的?"少校问他。

恩德比先生没有泄露他的消息来源。

"先生,我听说是您发现了他的尸体。"

"是的。"

"您肯定十分震惊。"

对话就这么进行了下去。伯纳比少校依旧不透露任何信息,但是他可没有恩德比先生那么机敏。少校不得不对他提出的某些问题表态,因此也就提供了年轻人想要的信息。但是恩德比的谈话方式令人舒适,整个过程并不让人觉得痛苦,伯纳比少校很是喜欢这个质朴的年轻人。

很快,恩德比先生站起身来,说他必须要去一趟邮局。

"如果可以的话请给我写一张支票的收据,先生。"

少校走到写字台前,写下一张收据交给了他。

"好极了。"年轻人说着便将收据塞进了口袋。

伯纳比少校说:"你今天要回伦敦吗?"

"哦!不是的。"年轻人说道,"我要拍几张照片,您知道的,斯塔福特小屋的照片,拍一些您平时喂猪、除掉蒲公英的照片,或者是任何您喜欢的、有您自己特点的生活照。您不知道读者有多喜欢这类东西。然后我想写写您对于'要怎么使用这五千英镑'的回答,简洁明快的那种。您不知道,要是我们的读者没看到这些会多失望。"

"是啊。但是你看,这种天气,你是不可能去斯塔福特的。这雪下得异常的大。三天之内不会有车能够开过去,而且可能得再过三天雪才会化。"

"我知道。"年轻人说,"真糟糕。好吧,好吧,只好在艾克汉普顿自己找找乐子了。三皇冠旅馆还是很不错的。再见,先生,再见。"

他走上了艾克汉普顿的主干路,然后走向了邮局去发电报给报纸,说他很幸运,能够为这起艾克汉普顿的凶杀案提供非常有趣和珍贵的信息。

他仔细考虑了下一步的行动,决定去询问一下特里威廉上尉的仆人,伊万斯,这个名字是伯纳比少校在谈话中不小心说漏嘴的。

他询问了几次,找到了福尔街八十五号。这个被害者的仆人今天成了一个重要人物,每个人都愿意指出他住在哪里。

恩德比用力敲了几下门。门开了,一个很典型的退伍水兵来开了门,恩德比丝毫不怀疑他的身份。

"伊万斯,是吗?"恩德比爽朗地说,"我刚从伯纳比少校那边过来。"

"哦——"伊万斯犹豫了一下,"请进,先生。"

恩德比接受了邀请,进了门。屋内有一个深色头发、丰满红润的年轻女人在走廊里徘徊。恩德比想道,她应该就是那位刚嫁过来的伊万斯夫人。

"你主人的遭遇真是不幸。"恩德比说道。

"很令人震惊,先生。"

"你觉得是谁干的呢?"恩德比又开始靠装纯良来获取信息。

"我猜是某个卑鄙的流浪汉。"伊万斯说道。

"哦!不是的,朋友。这种想法已经被推翻了。"

"嗯?"

"那都是骗局,警察立刻就识破了诡计。"

"谁告诉你的,先生?"

恩德比真正的消息来源是三皇冠旅馆的女仆,她的妹妹是格雷夫斯警员的妻子,但是他回答道:

"从警局那边得到的内幕消息。是的,入室盗窃什么的都是障眼法。"

"那他们觉得是谁干的?"伊万斯夫人走过来说,眼睛中饱含惊吓和急切。

"瑞贝卡,别这个样子。"她的丈夫说。

"那些残酷又愚蠢的警察,"伊万斯夫人说,"只要能抓到人,他们才不在乎这些呢。"她瞥了一眼恩德比。

"你和警察是有关系的吧,先生?"

"我?哦!不。我是报纸的记者,《每日资讯》。我来拜访伯纳比少校,他刚刚赢得了自由足球竞赛五千英镑的奖金。"

"什么?"伊万斯叫道,"该死,这种事情竟真是讲规矩的。"

"你认为不是吗?"恩德比问。

"嗯,邪恶的世道,先生。"伊万斯有一点困惑,觉得他刚才的惊叫有些鲁莽,"我曾经听过不少相关的诡计。上尉曾经说奖励从来都不会落到好地址去的。所以他常常使用我的地址。"

他简单地描述了上尉赢得那三本小说的事。

恩德比鼓励他继续说。伊万斯描述的无疑是一则美谈。一个忠诚的仆人,一个老水手。他觉得伊万斯夫人似乎有些紧张,他将之归咎于她所处阶层的无知。

"你去揪出那个干了这事儿的混蛋。"伊万斯说,"他们都说报纸记者可以做到很多事,能抓到罪犯。"

"是盗贼干的。"伊万斯夫人说,"就是这样。"

"当然,是盗贼干的。"伊万斯说,"在艾克汉普顿,没有人会想要伤害上尉。"

恩德比站起身来。

"好吧。"他说,"我必须得走了。要是有可能,我还会过来和你们聊聊的。如果上尉曾经在《每日资讯》上赢得过三本小说,那么《每日资讯》就应该将追捕凶手视为己任。"

"这话说得太对了,先生。太对了。"

恩德比祝他们一天愉快,然后离开了。

"我真想知道凶手究竟谁是。"他自言自语道,"我觉得不是伊万斯。也许真的是盗贼吧!要是这样的话,还真让人失望。这案子里没有女人,有点可惜。我们得尽快弄点什么耸人听闻的后续展开出来,不然这个案子就要失去关注了。要真是这样,也只能说是我运气不好。第一次遇到这种案子,我必须加把劲。查尔斯,你的大机会来了,要抓住机遇。我们那位军队的朋友很快就会对我百依百顺了,只要我记得要充分尊重他,管他叫'先生'。

不知道他是否参与过印度叛变①。不,肯定没有,他岁数不够大。南非战争②肯定参加过。问问他关于南非战争的事儿,肯定能软化他。"

恩德比脑子中盘旋着这些想法,优哉游哉地返回了三皇冠旅店。

---

① 一八五七年开始的,发生在印度北部和中部的反对英国统治的起义,常被视为印度的第一次独立战争。
② 又称布尔战争、英布战争(1899—1902),英国人和布尔人的战争。

## 第九章 月桂树公寓

坐火车从艾克汉普顿赶到埃克塞特要花半个小时。纳拉科特探长在十一点五十五分按响了月桂树公寓的门铃。

月桂树公寓是一栋有些年久失修的老房子，十分需要进行一番粉刷修饰。花园凌乱，杂草遍地，大门上歪歪斜斜地挂着铰链。

纳拉科特探长自言自语道："这家人没什么钱，很明显生活拮据。"

他是一个非常公允的人，但是调查似乎已经表明了，上尉的死是仇杀的可能性很小。另一方面，有四个人会因为这位老人的死亡而获得相当数量的财产。这四个人的行动都需要调查。旅店的登记记录提醒了他，但是毕竟皮尔森是个非常常见的名字。纳拉科特探长并不急着做出任何判断，他要在初步调查的时候保持开放的心态，尽快了解基本信息。

一个看起来有些懒散的女仆出门应铃。

"午安。"纳拉科特探长说道，"我想见一见加德纳夫人。是与她在艾克汉普顿死去的兄弟，特里威廉上尉有关的事情。"

他故意没有拿出他的警官证给女仆。根据他的经验，单就他是个警察的事实，就足以让她变得瞠目结舌、尴尬笨拙了。

在女仆退到一边让他进入客厅的时候，纳拉科特探长随口问了一句："她听说特里威廉上尉的死讯了吗？"

"是的，她收到了电报，是柯克伍德律师发来的。"

"这样啊。"纳拉科特探长说道。

女仆领着他进了客厅，客厅和房子的外观一样，急需花钱修缮一番。尽管如此，纳拉科特探长却觉得这个房间有一种莫名的魅力，虽然他也说不上来为什么。

"这个消息一定让你的女主人很震惊。"他说。

他注意到这个姑娘似乎对此有些含糊其词。

"她并不常常见到他。"她回答说。

"关上门，过来。"纳拉科特探长说。

他急着想试试她在惊讶中会作何反应。

他问："电报上说他是被谋杀的了吗？"

"谋杀！"

姑娘眼睛大睁着，里面混杂着惊恐和紧张，还有一丝兴奋："他被人谋杀了？"

"啊！"纳拉科特探长说，"我也觉得你可能没听说这件事。柯克伍德律师不想太突然地把这个消息告诉你的女主人，但是你看——哦，对了，你叫什么名字？"

"我叫碧翠丝，先生。"

"嗯，你看，碧翠丝，今天的晚报就会有这则消息了。"

"啊，我从来都不知道，"碧翠丝说，"谋杀。太可怕了，不是吗？他们是猛击了他的脑袋，还是开枪什么的？"

探长满足了她对细节的热情，然后又随口加了一句："我知道你的女主人昨天下午去艾克汉普顿肯定是有事要办，但在这样的天气出门，实在是太困难了。"

"我从来都没听说过这事儿。"碧翠丝说，"我觉得你肯定是哪里搞错了。女主人昨天下午出门去买东西了,然后去看了电影。"

"她什么时间回来的?"

"大概六点钟的时候。"

所以可以将加德纳夫人排除了。

"我不太了解这家人。"他继续随意地说,"加德纳夫人是个寡妇吗?"

"哦,不是的,先生,家里是有男主人的。"

"他是做什么的?"

"他什么都不做。"碧翠丝凝视着他说,"他做不了,他身体有残疾。"

"他身体有残疾?哦,不好意思,我不知道。"

"他不能走路,整天躺在床上。所以家中总是有个护士在,但也不是所有女孩都是护士,总得有人来端茶倒水。"

"肯定是相当难应付了。"探长安抚道,"请你去通报你的女主人吧,就说我是从艾克汉普顿的柯克伍德律师那儿过来的。"

碧翠丝离开了屋子,过了一会儿,房门又被打开了,一个高挑、威严的女人走进屋来。她的容貌非同寻常,眉毛宽宽的,在靠近太阳穴处,黑色的头发夹杂着几绺灰色,被她紧紧地从额头向后梳起来。她疑惑地看着探长。

"你是从艾克汉普顿的柯克伍德律师那里来的?"

"不完全是,加德纳夫人。我是这么跟你的女仆说的而已。你的哥哥,特里威廉上尉,昨天下午被人谋杀了,我是负责这起案子的探长纳拉科特。"

不管怎么说,加德纳夫人无疑承受能力很强。她的眼睛眯起来,狠狠地吸了一口气,示意探长坐下,自己也坐了下来说:

"谋杀！太让人震惊了！这个世界上会有谁想杀乔？"

"那正是我急于寻找的答案，加德纳夫人。"

"当然。我希望我能帮上你的忙，但是对此我很怀疑。过去十年来我们很少见面。我对他的朋友还有人际关系都一无所知。"

"请原谅我这么说，加德娜夫人，你和特里威廉上尉是否吵过架？"

"不，不是吵架。我想'疏远'也许可以更好地描述我们之间的情况。我不太想细说家庭私事，但是哥哥很厌恶我的婚姻。我想，可能兄弟很少会赞同他们姐妹的选择，但是我觉得，通常他们都会把这种不赞同隐藏得更好。正如你可能知道的那样，我哥哥从一位姨母那里继承了一大笔财产。我的姐姐和我本人都嫁给了穷人。我丈夫因为战争患上弹震症，从军队退役，身体残疾，一点点经济上的援助都会让我们活得更轻松一些，让我可以给他做一些昂贵的治疗。我请求哥哥借给我钱，他拒绝了。当然，他完全有资格这么做。但是打那之后，我们就很少见面了，而且也几乎不通信往来。"

这段陈述非常简明扼要。

探长想，这位加德纳夫人非常有趣。不知为何，他就是看不透她。她看上去镇定得很不自然，叙述内容也像是提前背好的台词。他注意到，虽然她表现得很惊讶，却并没有问及哥哥死亡的具体情况。这让他觉得十分奇怪。

他说："我不知道你是否想听听艾克汉普顿到底发生了什么。"

她皱起了眉。

"我一定要听吗？我的哥哥被人杀害了，我只希望他没有遭受什么痛苦。"

"确实没有遭受痛苦。"

"那就别让我知道任何令人厌恶的细节了。"

"奇怪。"探长想,"非常奇怪。"

她就像是读懂了他的想法一样,直接将他的心里话说了出来。

"我想你肯定觉得我很奇怪,探长,但是,我曾听过很多令人毛骨悚然的事情。我丈夫跟我讲过他遭遇的那些可怕的事——"她哆嗦了一下,"你要是更了解我的话,就会明白了。"

"哦!确实如此,确实如此,加德纳夫人。我来是想从你这里了解一些你们家族的情况。"

"嗯?"

"除了你自己之外,你哥哥还有多少依然在世的亲戚?"

"近亲的话,只有皮尔森家了。我姐姐玛丽的孩子们。"

"他们的名字是?"

"詹姆斯、西尔维娅和布莱恩。"

"詹姆斯?"

"他是长子,在保险公司上班。"

"他多大了?"

"二十八岁。"

"结婚了吗?"

"没有,但是已经跟一个很好的女孩订婚了。我还没见过她。"

"他的住址在哪里?"

"西南三区,克伦威尔大路二十一号。"

探长把这些都记了下来。

"还有吗,加德纳夫人?"

"然后就是西尔维娅。她嫁给了马丁·德林,你也许读过他的书。他是个还算可以的作家。"

"谢谢,那么他们家的地址是?"

"温布尔顿萨里大街的努克公寓。"

"然后呢?"

"年纪最小的是布莱恩,但是他人在澳洲。我不知道他的地址,但是他哥哥或姐姐可能知道。"

"谢谢你,加德纳夫人。这只是例行公事,介不介意我问问你昨天下午是如何度过的?"

她看起来有些惊讶。

"让我想想。我去买东西了,嗯,然后我去了电影院,大概六点左右的时候回了家,一直休息到晚餐的时候,因为那部电影让我的头很疼。"

"谢谢你,加德纳夫人。"

"还有别的事儿吗?"

"没有了,我没有什么别的问题了。我会联系你的侄子和侄女的。我不知道柯克伍德律师是否通知了你,你和三名皮尔森家的年轻人是特里威廉上尉的财产继承人。"

她的脸慢慢地变红了。

"那真是太好了,"她安静地说,"实在是太难了、太难了,总是要克扣俭省着过日子,还要心存希望。"

一个男人暴躁的声音传到了楼下,她突然站了起来。

"珍妮弗,珍妮弗,我需要你。"

"不好意思。"她说。

随着她打开门,那叫声又传了出来,而且越来越迫切。

"珍妮弗,你在哪儿?我需要你,珍妮弗。"

探长跟着她到了门边。他站在大厅里看着她跑上了楼梯。

"我来了,亲爱的。"她叫着。

一位医院的护士正下楼,站到了一侧,给她让出路来。

"快去加德纳先生那儿吧,他太激动了。你总是能让他安静下来。"

纳拉科特探长故意站在了楼梯口,堵住了护士的去路。

"我能和你谈一会儿吗?"他说,"我对加德纳夫人的询问被打断了。"

护士欣然同意,跟着他进入了客厅。

"谋杀的消息让我的病人很心烦,"她一边调整着浆好的袖口一边解释道,"那个蠢姑娘,碧翠丝,她跑来把这些事儿都说出来了。"

"对不起,"探长说,"这恐怕是我的错。"

"哦,当然不是,你不可能预料到会变成这样。"护士宽容道。

"加德纳先生病得重吗?"探长询问道。

"这是种很令人悲伤的病。"护士说,"当然了,也可以说,他并没有什么真正的问题。他变成这样是因为神经刺激导致的四肢瘫痪,不是生理上的残疾。"

"昨天下午他是否情绪紧张,或者受了刺激?"探长询问道。

"我不知道。"护士看上去有几分惊讶。

"你不是下午一直和他在一起的吗?"

"我本来是这么打算的,但是,事实上,加德纳先生很着急,想让我去图书馆换两本书回来。他忘记在妻子出门前跟她说了。所以,为了帮他,我勉为其难地替他出门了,他还让我买一两件小东西给他——其实是给他妻子的礼物。他这么做真的很贴心,他还告诉我,让我在博姿①喝杯茶,算在他的账上。他说护士们从来都不会忘记喝茶,你知道,他开了个玩笑。直到四点半我才

---

① 博姿(Boots)是一家拥有一百五十多年历史的英国医药美妆连锁店,在英国拥有超过一千四百多间门店,内售各类药品、生活用品和食物。

出门,因为圣诞节前商店人流量太大,还有这样那样的事情,直到六点后我才回来,但是那可怜的病人在家待得很舒服。而且实际上,他告诉我他这段时间差不多都在睡觉。"

"那时候加德纳夫人已经回来了吗?"

"是的,我记得她那时正躺下休息呢。"

"她很忠于她的丈夫吧?"

"她崇拜他。我真的相信她可以为他做任何事。非常令人感动,跟我以前的那些病人家属完全不一样。嗯,上个月——"

但是纳拉科特探长技巧高明地避开了上个月的患者八卦。他扫了一眼手表,大声借口要离开了。

"天哪!"他叫道,"我要赶不上火车了。车站不是太远,对吗?"

"圣大卫车站离这里只有三分钟步行的距离,如果你要去圣大卫车站的话——还是说你要去皇后街车站?"

"我得跑着去了。"探长说,"请转告加德纳夫人,我很抱歉没有当面跟她告别。很高兴能和你聊聊,护士小姐。"

护士略有点生气地扬起头。

"这个男人长得不错。"探长离开后,大门关上了,她自言自语道,"确实长得不错,而且富有同情心。"

她轻轻叹了一口气,上楼回到了她的病人身边。

## 第十章 皮尔森一家

纳拉科特探长接下来的行动就是向他的上级——麦克斯韦警司做报告。

警司饶有兴味地听着探长的报告。

"这会成为一个大案子，"他沉思着说，"会成为报纸上的头条新闻。"

"我同意您的说法，长官。"

"我们得小心一些，可别出什么岔子。但是我觉得你的方向是对的。你得尽快盯住詹姆斯·皮尔森这条线，查明昨天下午他在哪里。就像你说的，皮尔森是个很常见的名字，但是我们知道他的全名。当然了，他公开地签上了自己的大名，说明对此并没有提前谋划。不然的话他就是个傻瓜了。要我看，很可能是爆发了争吵，引发了突然的暴力。如果他就是凶手，当时就会知道舅舅已经死了。如果是这样的话，为什么还要一大早乘坐六点的火车偷偷溜走，连一句话都不留？不，这有点不对。办这种案子的时候，要记住千万不能把事情归因为巧合。你一定要尽快弄清楚这事儿。"

"我正是这么想的，长官。我最好是乘坐一点四十五分的车去城里。我还想找时间和那位威利特夫人聊聊，就是那个租了上尉房子的女人。这里面有点蹊跷。但是我现在去不了斯塔福特，道路因为积雪堵塞不通。而且不管怎样,她也不可能和罪案有直接的关联。她和她的女儿其实……嗯,罪案发生的时候在玩桌灵转。而且,顺便说一下,还发生了一件怪事——"

探长讲了他从伯纳比少校那里听来的故事。

"这是酒后的胡言乱语吧。"警司叫道,"你觉得那个老家伙说了实话吗?这明显就是那种迷信的谎话。"

"我觉得是实话,"纳拉科特露齿一笑,"我费了很大劲儿才从他那儿套出来的。他可不相信那些东西,正相反,他是个老兵,觉得那些都是胡说八道。"

警司点点头表示理解。

"好吧,确实很奇怪,但是对我们来说没什么帮助。"他下了定论。

"那我就坐一点四十五分的火车去伦敦了。"

警司点头。

纳拉科特探长进城后直接去了克伦威尔大路二十一号。他被人告知,皮尔森先生正在上班,七点钟左右肯定会回来的。

纳拉科特草草地点头,仿佛这个消息对他来说没什么价值。

"要是可以的话我会再来的,"他说,"没什么重要的事情。"他飞快地离开,也没有留下名字。

他决定先不去保险公司,而是去拜访在温布尔顿的那一家,去询问一下马丁·德林的夫人,也就是以前的西尔维娅·皮尔森小姐。

努克公寓并不破旧,纳拉科特探长是这么描述它的:"崭新却劣等。"

德林夫人在家。一位穿着时髦丁香色服饰的女仆将他带进了一间十分拥挤的客厅。他把自己的名片交给她,让她给女主人。

德林夫人几乎是立刻就到了，手里还拿着他的名片。

"我想，你是因为我那可怜的约瑟夫舅舅而来的，"她寒暄起来，"太可怕了，真的太可怕了！我自己十分害怕盗贼。上个星期我还在后门多安了两个插销，在窗子上安了一个新的专利窗栓。"

探长从加德纳夫人那里了解到，西尔维娅·德林只有二十五岁，但是她看上去已经超过三十岁了。她身材矮小，是个美人，似乎有些贫血，带着一副担忧和疲倦的表情。她的声音中有一种轻微的抱怨的语调，是人类声音里最恼人的那种。她不让探长说话，自顾自地说了下去：

"当然了，只要有什么我能帮到你的，我都会非常高兴，但是我几乎从没见过约瑟夫舅舅。他不能算是一个好人，你要是遇到了困难也不会去找他，他总是挑剔和批评别人。他不懂文学的妙处。成功——真正的成功并不总是以金钱来衡量的，探长。"

说到最后，她停住了话头。她的这些话证实了一些推测，现在轮到探长开口了。

"您很快就听闻这一惨剧了是吗，德林夫人？"

"珍妮弗姨妈给我发了电报。"

"原来是这样。"

"但是晚报上肯定还会刊载这条新闻的，太可怕了，不是吗？"

"据我所知，您这几年没有见过舅舅吧。"

"自我结婚以来，只见过他两次。第二次的时候，他对马丁的态度很是粗鲁。当然了，无论从哪方面来说，他都是个市井俗人，只是喜欢体育而已。正如我刚才所说，他对文学没有半点欣赏能力。"

"可能是你丈夫向他借钱，然后被拒绝了。"纳拉科特探长心里想道。

"例行公事问一下，德林夫人，可以告诉我你昨天下午的行程吗？"

"我的行程？这个说法真奇怪，探长。我下午大部分时间都在玩桥牌，我丈夫傍晚出门的时候，有位朋友来和我一起消磨时光。"

"出门，他出门了吗？是出远门吗？"

"他去参加文学晚宴了。"德林夫人郑重其事地解释道，"他和一位美国出版商共进午餐后，晚上又去了这个晚宴。"

"原来如此。"

这听起来非常合理又光明磊落，探长继续问道。

"你的弟弟人在澳洲吧，德林夫人？"

"是的。"

"你有他的地址吗？"

"哦，是的，你想知道的话，我可以找找。是个很特别的地名，我现在一时半会儿想不起来。在新南威尔士的某个地方。"

"那么您的哥哥呢，德林夫人？"

"吉姆？"[①]

"是的。我也想联系他一下。"

德林夫人忙把地址给了他，和加德纳夫人提供的一样。

然后他觉得目前似乎没有什么别的内容要问，就结束了这次短暂的寻访。

他扫了一眼手表，发现返回城里的时候正好是七点钟，希望

---

①吉姆为詹姆斯的昵称。

能见到詹姆斯·皮尔森先生。

开门的依旧是那个神情高高在上的中年妇女。是的,皮尔森先生现在回家了。他在三楼,需要见他的话请上楼。

她走在前面,轻轻敲了敲门,喃喃地用道歉般的语调说道:"有一位先生要见您,主人。"然后退后站开,让探长进了屋。

一位穿着晚装的年轻男人站在屋子中间。如果忽略他那略显软弱的嘴巴和犹疑不定的目光,他长得很好看,甚至可以说是英俊。他面容憔悴,表情忧郁,像是睡眠不足一样。

他用询问的目光看着探长走上前来。

"我是纳拉科特探长。"他开了个头,但是没继续说下去。

年轻人嘶哑地叫了一声,然后瘫倒在了座椅中,摊开手臂支在面前的桌上,撑着头,喃喃说道:

"哦!我的天哪!终于还是来了。"

过了一两分钟,他抬起头说:"好吧,是祸躲不过,你接着说吧。"

纳拉科特探长很是无动于衷。

"我是来调查你舅舅特里威廉上尉的死亡的。可否问问你,先生,你是不是有什么话要说?"

年轻人慢慢站起身来,声音低沉而紧张:

"你要——要逮捕我吗?"

"不是的,先生,我不是来逮捕你的。如果我要逮捕你,我会说一些惯常的警示用语。我只是来问问你昨天下午的行程。你可以根据情况选择是否要回答我的问题。"

"如果我不回答的话,对我会很不利。哦,是的,我知道你们的工作方式。你已经发现我昨天下午在哪里了。"

"你在旅馆的登记处签了名字,皮尔森先生。"

"唉，抵赖也没什么意义。我昨天的确在那里，我为什么不能在那儿呢？"

"为什么呢？"探长温和地问。

"我是去探访我舅舅。"

"事先定好的吗？"

"事先定好是什么意思？"

"你舅舅知道你要去见他吗？"

"我……不，他不知道。我只是一时兴起而已。"

"没有什么原因吗？"

"我……原因？不，不，我为什么不能去？我……我只是想去见见他。"

"当然可以，先生。那你见到他了吗？"

一阵沉默，很久的沉默。年轻人的脸上写满了犹豫不决。纳拉科特探长望着他，对他产生了一点同情。这年轻人知不知道，他这样犹豫，就相当于是承认了。

终于，吉姆·皮尔森深深吸了一口气："我……我想我最好还是坦白吧。是的，我见到他了。我在车站问别人怎么才能到斯塔福特去，他们告诉我这已经不可能了，道路已经无法行车了。我说真的是有很紧急的事情。"

"紧急？"探长小声地问了一句。

"我……我非常想见我的舅舅。"

"原来如此。"

"车厢的乘务员一直摇头，说这是不可能的。我说出了我舅舅的名字，乘务员立刻面露喜色，告诉我他就住在艾克汉普顿，还给了我他租住处的详细地址，解释了该怎么过去。"

"那时是几点钟，先生？"

"我觉得是一点钟。我找到了旅馆,三皇冠旅馆。然后我……我就去见舅舅了。"

"立刻就去的吗?"

"不,不是立刻。"

"那是什么时间去的呢?"

"嗯,我也记不清了。"

"三点半?四点?四点半?"

"我……我……"他比刚才还要结巴,"我觉得不是那么晚的时间。"

"贝灵夫人,旅馆的老板娘,说你是四点半出门的。"

"是吗?我……我觉得她记错了。我不可能待到那么晚才出去。"

"后来发生了什么?"

"我找到了舅舅的房子,和他谈了话,然后就回到了旅馆。"

"你是怎么进到房子里的?"

"我摁响了门铃,然后他自己过来给我开的门。"

"他见到你不惊讶吗?"

"不……他……他很惊讶。"

"你和他待了多久,皮尔森先生?"

"一刻钟吧,要不就是二十分钟。但是,我离开的时候他还好好的呢。真的,我发誓。"

"你什么时候离开的?"

年轻人垂下眼睛。他的语调中再一次充满犹豫:"我不是很清楚。"

"我想你很清楚,皮尔森先生。"

探长肯定的语气起了作用,年轻人低声回答了问题。

"是五点十五。"

"你回到三皇冠旅馆是六点一刻。而从你舅舅家走路到三皇冠不过七八分钟而已。"

"我不是直接回去的,我在镇上走了走。"

"在那种冰天雪地的天气里,在大雪中!"

"那时候其实没有下雪,后来才下的雪。"

"我知道了。你和你舅舅都说了什么呢?"

"哦!没什么特别的。我……我只是想和老人家说说话而已,登门拜访一下之类的,你知道的。"

"这个可怜的骗子。"纳拉科特探长想道,"要是我的话可能会编得更好。"

他大声说道:

"很好,先生。现在,请问你为什么在听到舅舅被杀的消息后,没有说出你们的关系就离开了艾克汉普顿?"

"我很害怕,"年轻人坦率地说,"我听说他的被害时间正好就是我离开的时候。真见鬼,这足以吓跑任何人,不是吗?于是我赶紧收拾好东西,坐能赶上的第一趟列车离开。哦,我真是太傻了。但是人一慌不都是这样吗?而且在那种情况下,任谁都会乱了手脚。"

"你想说的就是这些吗?"

"是……是的,当然。"

"那么,没有异议的话,先生,可否跟我走一趟,将这些话记录在案。我们会读给你听,然后请你在上面签名。"

"就是……就是这样吗?"

"皮尔森先生,我觉得有必要扣留你直到调查结束。"

"哦,天哪!"吉姆·皮尔森说,"有没有人能帮帮我?"

就在这时门开了,一个年轻女子走进了房间。

善于观察的纳拉科特探长立刻注意到,她是个很特别的年轻女子,并不是特别美丽,但是她的五官很吸引人,而且很独特,是那种只要见过一次就不会忘记的脸。她有一种理智、机敏、坚强的气质,还有一种撩人的魅力。

"哦!吉姆,"她惊叫,"发生了什么?"

"完了,艾米丽。"年轻人说,"他们觉得我杀了我舅舅。"

艾米丽问道:"谁说的?"

年轻人用手示意了他的来访者。

"这位是纳拉科特探长,"他惨兮兮地介绍道,"这位是艾米丽·特里富西斯小姐。"

"哦!"艾米丽·特里富西斯小姐说。

她用锐利的褐色眼睛研究着纳拉科特探长。

她说:"吉姆是很蠢,但是他不会杀人。"

探长什么都没说。

"我猜,"艾米丽转向吉姆说,"你说了什么很不明智的话。要是你读过报纸的话,吉姆,你就会知道,除非你身边有个强有力的律师为你辩护,否则就不能跟警察谈话。到底发生了什么?你要逮捕他吗,纳拉科特探长?"

纳拉科特探长富有技巧而清楚地解释了他要做的事情。

"艾米丽,"年轻人叫道,"你不相信我杀了人,绝对不会相信的,是吗?"

"当然了,亲爱的,"艾米丽温和地说,"当然不相信。"接着,她低声思忖道:"你没有那个胆量。"

吉姆呻吟了一声:"我觉得自己在世上好像一个朋友都没有。"

"不,你有的,"艾米丽说,"你有我。振作起来,吉姆,看看我左手中指上闪烁的钻石。你忠诚的未婚妻就站在这儿。跟探长走吧,其他的事情都交给我。"

吉姆·皮尔森站起身来,表情依旧茫然。他的外套搭在椅背上。他穿上了外套。纳拉科特探长把放在写字台上的帽子递给他。他们朝门边走去,探长礼貌地开口:

"祝您晚安,特里富西斯小姐。"

"再见,探长。"艾米丽甜美地说道。

如果他更了解艾米丽·特里富西斯小姐的话,他就会知道这两个词是她下给他的挑战。

## 第十一章 艾米丽开始调查

特里威廉上尉的尸检在周一上午进行。从引起轰动的角度来看，这一新闻有点不咸不淡，因为它几乎是立刻就推迟了一周，所以许多人都很失望。在从周六到周一的几天内，艾克汉普顿声名大噪。死者的侄子因为涉嫌谋杀而被拘留，让整个事件从报纸封底处的小段落变成了头版头条。星期一的时候，许多记者纷纷赶到了艾克汉普顿。查尔斯·恩德比有理由暗自庆幸，他因为寄送足球竞赛奖金这个意外的机会采访到了一些独家资料。

记者们就像水蛭一般紧紧攀住伯纳比少校，以拍摄他的小屋为由来获取斯塔福特居民的独家消息，并且探问他们和死者的关系。

午餐时分，临近门边的小餐桌旁坐了一位非常吸引人的女士，这可没有逃过恩德比先生的双眼。恩德比先生很好奇：她来艾克汉普顿做什么？她衣着得体，端庄大方，看起来不像是死者的亲属，也不像那种好奇的闲散人士。

"不知道她会待上多久？"恩德比先生想着，"真可惜，我下午要去斯塔福特。真是倒霉。好吧，人总不能事事如意。"

但是午餐后没多久，恩德比先生就得到了一个巨大的惊喜。他当时正站在三皇冠旅馆的台阶上看着渐渐融化的积雪，享受懒洋洋的冬日阳光，却突然听到了一个非常迷人的声音在跟他讲话。

"很抱歉打扰你,你知道艾克汉普顿有什么可以参观的景点吗?"

查尔斯·恩德比迅速抓住了机会。

他说:"我知道有座城堡,也没什么特别的,喏,就在那儿。也许我可以为你带个路。"

"你真是太好心了,"女孩说,"如果你确实不太忙的话——"

查尔斯·恩德比立刻肯定了这一点。

他们一同出发。

"你是恩德比先生吗?"女孩说。

"是的。你怎么知道?"

"贝灵夫人告诉我的。"

"哦,是这样啊。"

"我叫艾米丽·特里富西斯,我希望你能帮帮我。"

"帮帮你?"恩德比说,"嗯,当然,但是——"

"要知道,我是吉姆·皮尔森的未婚妻。"

"哦!"恩德比先生说着,觉得这个新闻似乎有深挖的价值。

"警察要逮捕他,我知道他们就是这么打算的。恩德比先生,我知道吉姆没有做那种事。我来这里就是为了证明这一点。但是我必须得找个人来帮助我。要是没有个男人来帮我,我就什么都做不成。男人知道许多事情,而且有多种能得到消息的渠道,女人根本做不到。"

"嗯,我……是的,我觉得确实如此。"恩德比先生扬扬自得地说。

"今天早上我就观察了那些记者,"艾米丽说,"大部分人都长着一张蠢脸。于是我找到了你,你是真的聪明人。"

"哦!哎呀。也没有那么夸张,你知道。"恩德比依旧得意地说。

艾米丽·特里富西斯说:"我希望咱们能结成合作关系,这样对双方都有好处。我想要调查……查明一些事情。而你记者的身份可以帮到我。我想——"

艾米丽暂停了一下。她其实是想聘恩德比先生为私家侦探。让他去她说的地方,问她想问的问题,也就是受她驱策。但是她意识到自己必须巧妙而讨喜地提出这项建议。关键是要由她来主导调查,但是必须方法得当。

艾米丽说:"我觉得我可以依赖你。"

她的声音甜美可爱、清澈而迷人。当她说完最后一句话,恩德比先生的胸中升起了一种感情,让他觉得这个可爱而无助的姑娘大可放心依赖他,直到最后一刻。

"这真是太可怕了。"恩德比先生热情地抓住她的手说。

"但是你知道的,"他又变回了记者,"我的时间并不都归我自己支配。我是说,上面委派我去哪里,我就得去哪里。"

"是的,"艾米丽说,"我已经想到这个了,但是你看,我可以解决这个问题。我可以为你提供'独家新闻',不是吗?你可以每天采访我,让我说一些读者喜爱的内容。吉姆·皮尔森的未婚妻,相信她的未婚夫是无辜的,提供了关于他的童年回忆。我并不了解他的童年,其实,"她加了一句,"但是无所谓。"

"我觉得,"恩德比先生说,"你说得太棒了。你真是太了不起了。"

"而且,"艾米丽进一步加强了攻势,"我可以自然而然地接近吉姆的亲戚。我可以把你作为一个朋友带过去,否则你可能会吃闭门羹。"

"这我可是太了解了。"恩德比先生回想起过去种种被粗暴拒绝的经历，回答道。

一幅辉煌的图景在他眼前展开。他在这件案子上真走运。先是幸运地得到了送足球比赛奖金的机会，现在又迎来了这个机会。

"成交！"他热情地说。

"太好了。"艾米丽摇身一变，变成一副干脆利落、公事公办的样子，说，"现在，第一步行动是什么？"

"我今天下午打算去斯塔福特。"

他解释了足球比赛的事情，还有他是怎么借此采访到伯纳比少校的："我得提醒你一下，他是那种老古板，十分憎恶记者。但是如果你刚从一个人手里拿了五千英镑，你也不可能断然拒绝他，是吧？"

"那样多尴尬啊。"艾米丽说道，"嗯，要是你打算去斯塔福特，我会跟你一起去。"

"太好了。"恩德比先生说道，"但是我不知道那里是否有住宿的地方。据我所知，那地方只有斯塔福特寓所和几座伯纳比少校住的那种小屋。"

"我们会找到下榻之处的。"艾米丽说，"总能找到办法。"

恩德比很是相信。艾米丽是那种能够成功克服任何困难的人。

他们走到了城堡的遗迹前却无心观景，而是沐浴着暖阳，在一段城墙上坐了下来，艾米丽继续阐述着她的想法。

"我绝对是在理智而客观地看待这件事，恩德比先生。请你相信我：吉姆没有杀人。我这么说并不只是因为我爱他，或者是相信他的人品。而是因为——了解。我十六岁就开始独自打拼，基本不和女人接触，不了解她们，但是我了解男人。除非对一个男人很有把握，知道她要对付的是什么，否则女孩是永远不会更进一步的。我和吉姆更进一步了。我在'露西'那里做模特,我可以告诉你,恩德比先生,能做到这一步就已经是项壮举了。

"嗯,就像我说的那样,我看男人的眼光很准。从很多方面来说,吉姆性格软弱。我不太确定的是,"艾米丽此刻似乎忘记了自己的角色是一个倾慕强壮男性的小女生,她说道,"是不是因为这点,我才喜欢他。喜欢那种可以掌控他、使他有所成就的感觉。我能想象得到,如果被逼无奈,他也许能做出许多——嗯——甚至谈得上是违法的事情,但是肯定不会杀人。他就是不可能拿起沙袋袭击一个老人的后脑勺。就算他这么做了,也肯定会失手。他是个温柔的人,恩德比先生。他甚至不愿意杀死黄蜂。他会把它们赶出窗去,尽量不伤到它们,所以常常被蜇。我再这样说下去也没什么意义,总之,你一定要相信我,吉姆是无辜的。"

"你觉得是有谁在故意陷害他?"查尔斯·恩德比尽量以职业记者的口吻问道。

"我不觉得,没人知道吉姆去见他舅舅的事。当然,我也不能完全肯定,但是我还是觉得这只是单纯的巧合。我们必须找出来谁拥有杀死特里威廉上尉的动机。警方非常肯定这不是一起'外部作案'。我是说,这不是盗贼作案。打破的窗户不过是假象。"

"这是警察跟你说的吗?"

"算是吧。"艾米丽答道。

"什么意思?"

"是那个女服务员告诉我的,她的妹妹是格雷夫斯警员的妻子。她了解警察都在想什么。"

"非常对。"恩德比先生说,"这不是外部作案,而是熟人作案。"

"正是这样,"艾米丽说,"警察——那个纳拉科特探长,顺便说一下,我觉得他是一个非常沉稳的人,已经开始调查特里威廉上尉死后最大的受益者是谁了,可以说,一切证据都指向吉姆,他们不会再费心做其他调查了。嗯,这就是我们要做的工作。"

"多棒的独家新闻!"恩德比先生说,"如果我们找到了真凶,我就成了《每日资讯》的犯罪专家。但是这太难了,"他沮丧地加了一句,"这种好事只有书里才会发生。"

"胡说,"艾米丽说,"有我在就能发生。"

"你真是了不起。"恩德比又说了一遍。

艾米丽掏出了一个小笔记本。

"现在,让我们整理一下线索。吉姆本人,他的弟弟和妹妹,还有他的姨妈珍妮弗,都会从特里威廉上尉的死亡中受益。当然,西尔维娅,也就是吉姆的妹妹,连一只苍蝇都不会伤害,但是她的丈夫却不能轻易放过,他是那种讨厌的混蛋。还是那种有点艺术细胞的混蛋,喜欢搞婚外情之类的。很可能会缺钱。遗产是属于西尔维娅的,但对他来说这不是问题,他很快就能从她那里得到这笔钱。"

"听起来像个混蛋。"恩德比先生说。

"哦!是的。长得还可以,有点放荡不羁,女人们会私下里跟他调情,但真正的绅士都讨厌他。"

"嗯,这是我们的一号嫌犯。"恩德比先生说着,同样也在一个小本子上记了起来,"调查他周五的行动——应该会很容易,就装成是去采访这位与死者有亲属关系的小说家,你看怎么样?"

艾米丽说:"非常好。然后来说一下布莱恩,吉姆的弟弟。他应该是在澳洲,但真要回来也是轻而易举。我是说,有时候人不一定会将自己的行动广而告知。"

"我们可以拍封电报给他试试。"

"嗯,可以。我觉得珍妮弗姨妈是与此事无关的。我听说她是个非常好的人,性格也好。不过,她毕竟住得不远,就在埃克塞特,有可能去看望自己的哥哥。特里威廉可能说了她丈夫的坏话,她那么崇拜她的丈夫,有可能怒火中烧,抄起沙袋就打了他。"

"你真的这么想吗?"恩德比先生怀疑地问道。

"不,当然不。但是谁又能说得准呢?而且,还有那位上尉的男仆。根据遗嘱,他只得到了一百英镑,似乎没什么嫌疑。但还是那句话,谁又能说得准呢?他的妻子是贝灵夫人的侄女。你知道的,贝灵夫人是三皇冠旅店的老板娘。我想我应该在回去的时候靠着她的肩膀哭诉一场。她有着慈母般的心肠和浪漫的灵魂,我的未婚夫有可能面临牢狱之灾,她也许会替我感到惋惜,这样,她就有可能说漏嘴一些有用的信息。然后——当然了,就是那座斯塔福特寓所。你知道我觉得哪点最奇怪吗?"

"不知道。是什么?"

"是人,威利特母女。她们在隆冬时节租下了特里威廉上尉那栋家具齐全的房子。这件事非常奇怪。"

"是的,是很奇怪。"恩德比先生也同意,"可能和他的过去有关。"

"那场降神会的把戏也很奇怪。"他加了一句,"我正想着要把这事儿写到报纸上。顺便征求一下奥利弗·洛奇爵士[①]、阿瑟·柯南·道尔爵士和几个女演员的意见。"

---

①奥利弗·洛奇爵士(Sir Oliver Joseph Lodge,1851—1940),英国物理学家,发明了火花塞,一八九八年拉姆福德奖章获得者。洛奇爵士是灵异研究协会成员,对灵异现象持肯定态度。

"什么降神会的把戏?"

恩德比先生饶有兴致地详细描述了那天下午的桌灵转。凡是跟这桩谋杀有关的事情,他都会想方设法地打听到。

他说:"有点儿奇怪,不是吗?会让你忍不住多想。可能这里面还有一些内情,我还是第一次遇到这种事。"

艾米丽轻轻打了个寒战。"我讨厌这种超自然事件。"她说,"就像你说的,这里面似乎还有什么隐情。真是令人毛骨悚然!"

"这个降神会肯定不是真的,不是吗?要是特里威廉的灵魂能联系上少校说他已经死了,那为什么不说出来是谁杀了他?这样一下就变得很简单了。"

"我觉得斯塔福特可能会有线索。"艾米丽沉思着说道。

"是的,我觉得我们应该彻底地调查那里。"恩德比回应道,"我雇了一辆车,半小时之后就出发。你最好和我一起去。"

"我跟你去。"艾米丽说,"那伯纳比少校呢?"

"他要步行回去。"恩德比说,"采访刚结束就出发了。要是你问我,我得说,他可能只是想摆脱我,没人愿意在泥地里跋涉行路。"

"现在已经可以行车了吗?"

"哦!是的。不过也是刚刚才清出路来。"

"好吧。"艾米丽站起身来,说道,"我们回三皇冠旅店,我得收拾收拾行李箱,还得在贝灵夫人的肩膀上演一场哭戏呢。"

"你别担心。"恩德比很是自满地说,"把事情都交给我吧。"

"太好了,我就是这么想的。"艾米丽的话中缺少真诚,"有个人能依靠真是太好了。"

艾米丽·特里富西斯是一个真正的高手。

## 第十二章 逮捕

返回三皇冠旅店，艾米丽很幸运地在走廊里碰到了贝灵夫人。

"哦！贝灵夫人，"她大声道，"我今天下午就要走了。"

"是，小姐，坐四点十分的火车去埃克塞特，是吧？"

"不，我是要去斯塔福特。"

"去斯塔福特？"

贝灵夫人露出了十分好奇的神色。

"是的，我想问问你，那边有没有我可以住的地方？"

"你想要在那儿住下来？"

她更好奇了。

"是的，是这样的——哦！贝灵夫人，有什么地方能让我和你私下聊两句吗？"

贝灵夫人欣然同意，领着她进了自己的私人房间。那是一间不大的、舒适的房间，炉火正在熊熊燃烧。

"你不会告诉任何人的吧，是吗？"艾米丽说着，她很清楚这个开场白会激起贝灵夫人浓厚的兴趣以及深深的同情。

"当然不会的，小姐，我不会告诉别人的。"贝灵夫人说道，深色的眼中闪烁着好奇的光芒。

"你看，皮尔森先生，你知道的——"

"就是周五在这里住宿的那位年轻绅士?警察逮捕的那位?"

"逮捕?你是说真的被逮捕了?"

"是的,小姐。就在不到半个小时前。"

艾米丽的脸色变得煞白。

"你——你是说真的?"

"哦!是的,小姐。我家艾米从警佐那儿听来的。"

"真是太可怕了!"艾米丽说道。她料到会变成这样了,但还是颇受打击,"你看,贝灵夫人,我——我和他订婚了。他没有杀人,哦,天哪,真是太可怕了!"

艾米丽哭了起来。她早前跟查尔斯·恩德比说,她要在贝灵夫人肩上哭一场,但让她惊骇的是,眼泪居然就这么轻易地涌了出来。随时随地哭出来可不是一件容易的事儿。而这眼泪中蕴含的真情实感吓到了她。但她绝不能屈服,屈服对吉姆来说毫无用处。果敢、理智、清醒——这些品质才能够帮助她赢得这场比拼。伤感的痛哭毫无用处。

但这同时也是一种舒散,一种让自己舒散的方式。毕竟她本来就是要大哭一场的。大哭一场能让贝灵夫人同情她,给予帮助。所以为什么不痛痛快快地大哭一场呢?一场真正的纵情哭泣能够把她的烦恼、疑惑和难以名状的恐惧统统清除干净。

"好了,好了,亲爱的,别那么伤心了。"贝灵夫人说道。

她用慈母般的手臂环住艾米丽的肩膀,安慰地拍着她。

"我一开始就说了,他没有做过那样的事。他可是一个年轻的好绅士。警察里有不少笨蛋,我以前就这么说过。那些贼头贼脑的流浪汉更可能是凶手。别着急,亲爱的,等着看吧,会好起来的。"

"我真的很喜欢他。"艾米丽哀泣道。

亲爱的吉姆。亲爱的、可爱的、孩子气的、不切实际的吉姆，会变成这样，完全就是因为他在错误的时间做了错误的事情。他要怎么对付那位稳重、果断的纳拉科特探长呢？

"我们必须救救他。"她哭喊道。

"当然了，我们会的。当然了，我们会做到的。"贝灵夫人安慰着她。

艾米丽用力擦了擦眼睛，最后又抽噎了一下，猛地抬起头来："我在斯塔福特，该住在哪儿？"

"斯塔福特吗？你要去那里吗，亲爱的？"

"是的。"艾米丽用力地点点头。

"好吧。"贝灵夫人仔细考虑了一番，说，"只有一个地方能住。斯塔福特没有太多可以住的地方。那是一座大公寓，斯塔福特寓所，特里威廉上尉建造的，现在租给了一对从南非回来的母女。而且他还建了六座小屋，第五间是柯蒂斯先生的，他过去曾经是斯塔福特寓所的园丁，柯蒂斯夫人也住在那儿。上尉允许柯蒂斯夫人在夏天的时候出租房子。事实上，你也只能住在那儿了。还有铁匠铺子和邮局，但是邮局的玛丽·希伯特，生了六个孩子，她的弟媳也和她住在一起，而铁匠的老婆庞德夫人正怀着第八个孩子，所以不可能有地方让你住的。但是你要怎么去斯塔福特呢，小姐？你雇了车吗？"

"我会坐恩德比先生的车一起去。"

"啊，那他要住在哪里呢？"

"我想他可能也会投宿在柯蒂斯家吧。她那儿有够我们两个人住的房间吗？"

"我不知道这样做对你这样的年轻女士是否合适。"贝灵夫人说。

"他是我的表亲。"艾米丽说道。

她觉得,贝灵夫人的心中是有分寸的,绝不会反对她的做法。

女店主的眉头舒展开来。"好吧,那就没什么关系了。"她说得有些勉强,"要是你们和柯蒂斯夫人一起住不太舒服的话,他们也可能让你们住在大房子里的。"

"对不起,我真是个傻瓜。"艾米丽又揉起了眼睛。

"这都是正常的,亲爱的。哭出来会让你感觉好一些。"

"是的,"艾米丽真诚地说,"我感觉好多了。"

"好好哭一场,再来杯热茶是最管用的。亲爱的,路上天气寒冷,你出发前得来一杯好茶。"

"哦,谢谢你,但是我觉得我不是很想——"

"别管想不想,关键是你必须喝上一杯。"贝灵夫人毅然决然起身走到门边,"告诉阿米莉亚·柯蒂斯,是我让她好好照顾你,照顾好你的饮食,让你不要烦恼。"

"你真是太善良了。"艾米丽说。

"我会帮你留意这里的动静的。"贝灵夫人说着,沉浸在她自己的世界里,"我可以打听到许多连警察都不知道的消息。一旦我听到了什么,就会通知你的,小姐。"

"真的吗?"

"当然。别担心,亲爱的,很快咱们就能让你的未婚夫摆脱困境了。"

艾米丽站起身来说道:"我必须回去收拾东西了。"

贝灵夫人说:"我一会儿给你送杯茶过去。"

艾米丽走上楼去,把她的几样东西装进行李箱,用冰凉的水擦洗了眼睛,扑上了大量的粉底。

"你还真是让自己出了个大洋相。"她看着镜中的自己,又扑了更多的粉,补上了腮红。

"真奇怪。"艾米丽说,"我居然觉得好多了,这副肿脸也值了。"

她摁了铃。女服务员(格雷夫斯警员富有同情心的小姨子)迅速走了过来。艾米丽给了她一英镑纸币,认真地请求她将从警方那儿拐弯抹角得到的信息都告诉她,这姑娘欣然同意了。

"你要去斯塔福特的柯蒂斯夫人那里吗?我会帮助你的,小姐。我会竭尽全力。我们都为你感到遗憾,小姐,我不知道该怎么表达。这段时间我一直跟自己说'想想要是你和弗雷德遇上了这事儿',我一直这么跟自己说。我有的时候会走神,但无论多么小的事情,我听到后都会告诉你的,小姐。"

"你真是个天使。"艾米丽说道。

"就像我前几天用六便士在伍尔沃斯买来的书上写的。辛瑞加谋杀案。你知道是什么让他们找到了真凶吗,小姐?就是一点普通的封蜡。你的未婚夫很英俊,对吧?和报纸上登载的照片完全不像。为了你们,小姐,我肯定会竭尽全力。"

这场离奇事件的中心人物——艾米丽,离开了三皇冠旅店,还大口喝掉了贝灵夫人提供的热茶。

坐在那辆老旧的福特车里,艾米丽对恩德比说:"别忘了,你是我的表亲。"

"为什么要这么说?"

"乡间的人心思单纯一些,"艾米丽说,"我觉得这样说会比较好。"

"好极了。如果是那样的话,"恩德比先生抓住了机会,"我最好直接叫你艾米丽。"

"没问题,表哥,你的名字是?"

“查尔斯。”

“好的,查尔斯。”

车子在通往斯塔福特的路上渐行渐远。

## 第十三章 斯塔福特村

艾米丽刚到斯塔福特，就被这里的景象深深吸引了。在距离艾克汉普顿大概两英里远的地方，车子驶出了主路，开上了一条粗糙的荒原小道，一直开到荒野的边缘，才见到一个村子。村子里有一家铁匠铺，还有一家卖糖果的邮局。然后，他们开进了一条小巷，找到了一排用花岗岩新建起来的小屋。车停在了其中的第二间屋子前，司机主动介绍说，这里就是柯蒂斯夫人的家。

柯蒂斯夫人是一个头发花白的瘦小女人，精力充沛、性格泼辣。今天早晨才传到斯塔福特村的消息让她一直坐立不安。

"是的，当然了，我可以让你住下来，小姐。你的表哥也可以，不过他得先等我收拾收拾家里的旧物。你们介意和我们一道吃饭吗？唉，谁能相信啊！特里威廉上尉被害，还要进行侦查！这里从周五一大早就跟外界隔绝了，今天早上听说了这事儿，简直吓了我一大跳。'上尉死了，'我跟柯蒂斯先生说，'证明了现在这世道有多邪恶。'啊，我怎么让你站在这儿说话，小姐。快进来吧，那位先生也进来。我已经烧了开水，马上就能喝上茶了，这一路上肯定非常冷，但今天已经算比较暖和了。这附近都是八到十英尺深的雪啊。"

听着她滔滔不绝的话语，艾米丽和查尔斯·恩德比被领进了他们新的住处。艾米丽住在一间小小的方形屋子里，干净整洁，可以从窗户向外看到斯塔福特灯塔山的斜坡。查尔斯的房间是一个狭长的屋子，面对着屋前的小巷，里面有一张床、一只很小的五斗橱，还有一个盥洗架。

司机把恩德比的行李搬到了他的床上，恩德比付了钱，表示了感谢，他说："最棒的是，我们已经到了。要是我们不能在接下来的一刻钟内摸透斯塔福特村的所有住户，我就把名字倒过来写！"

十分钟后，他们坐在楼下舒适的厨房里，被介绍给了柯蒂斯先生。柯蒂斯先生是一个眉目冷硬、头发灰白的老人，他们一起享用浓茶、面包、黄油、德文郡奶油和煮鸡蛋。他们边吃边听，不到半个小时，便了解了小村子里所有的居民。

首先是住在四号屋的佩斯豪斯小姐，她是个脾气怪诞的老处女。据柯蒂斯夫人说，她六年前搬到了这里，要在这里安度晚年。

"信不信由你，小姐，斯塔福特的环境十分有益于健康，她一到这儿就恢复了精神。纯净的空气对肺部有好处。

"佩斯豪斯小姐有一个侄子，偶尔会过来看望她。"柯蒂斯夫人继续说，"现在还和她住在一起。他这么做是为了保证她的钱不流到外边去。这个季节的斯塔福特对年轻人来说实在是太枯燥了，但是毕竟，娱乐分很多种，他也确实找到了其他乐趣。他的出现对于斯塔福特寓所里那位年轻小姐来说真是天赐良缘呀。可怜的小家伙，大冷天的，跑到这么个大营房似的房子里住着。有些母亲可真是自私。多漂亮的一位年轻小姐。罗纳德·加菲尔德先生经常在不冷落佩斯豪斯小姐的前提下，去寓所拜访威利特小姐。"

查尔斯·恩德比和艾米丽交换了一下眼神。查尔斯记得罗纳德·加菲尔德也参加了那天晚上的桌灵转。

"我们这边的六号屋,"柯蒂斯夫人接着说道,"刚刚被租出去,租给了杜克先生。他可以说是一位绅士。当然了,谁知道他是不是?这可很难说,现在的人和过去不一样了,都不是那么表里如一。他在这里过得很自由,每天都神采奕奕。他有点腼腆,看外表像是军人出身,但不知为何举止却不像。这就和伯纳比少校不一样了,你一看他,就知道他是个军人。

"住在三号屋的是瑞克夫特先生,一位上了年纪的老绅士。别人都说他过去曾经在荒郊野外帮大英博物馆捕鸟,他们都管他叫博物学家。天气好的时候,他会去荒原上走走。而且他有许多很不错的藏书,小屋里几乎全是书。

"二号屋住着一位行动不便的先生,怀亚特上尉,还有他的印度仆人。那个可怜的家伙受不了寒冷,我是说那个仆人,不是上尉。这也难怪,他从那么温暖的外国来到这里。那间屋子的温度可吓人了,就跟进了烤箱一样。

"一号屋是伯纳比少校的屋子。他自己一个人住,我早上会帮他做一些家务活儿。他是个非常整洁的绅士,非常挑剔。他和特里威廉上尉关系特别要好。是那种一辈子的朋友。他们墙上都挂着那种稀奇古怪的动物头颅。

"至于威利特夫人和威利特小姐,没人了解她们。她们很有钱,和艾克汉普顿的阿莫斯·帕克有生意往来,他告诉我她们每周的账簿都要超过八英镑或九英镑,你都不敢相信那屋子里有多少鸡蛋!她们从埃克塞特带来的那几个女仆不是很喜欢这里,想要离开,这真的不怪她们。威利特夫人一周两次用自己的车送她们进城去埃克塞特,再加上生活得也不错,她们也就同意了不离开。但要我说,这是个怪事儿。那么时髦的一位夫人,待在这么一个乡下。好了,好了,我想我最好是把这些茶和吃的都收拾一下。"

她深吸了一口气,查尔斯和艾米丽也同样吸了一口气。信息的洪流源源不断地向他们袭来,简直要把他们淹没了。

查尔斯大胆地提出了一个问题。

"伯纳比少校回来了吗?"他问道。

柯蒂斯夫人手中拿着盘子,动作停了下来。"是的,回来了,先生。他是在你们到达半小时之前到的,步行回来的。我对他叫道:'天哪,先生,您该不会是从艾克汉普顿走回来的吧?'他严肃地说:'为什么不行?人既然有两条腿,就用不着四个轮子。你知道我每个星期都要步行的,柯蒂斯夫人。''哦,是的,先生,但是这次不同呀。发生了这么骇人的事件,又是谋杀又是侦查的,你竟然还有力气走回来。'但他只是哼了一声就走了。他脸色很不好,周五晚上他能徒步走过去简直是奇迹,还是在这把年纪,真算得上是英勇无畏了。在暴风雪中步行三英里。不管怎么说,现在的年轻人是远远比不上那些老一辈的。罗纳德·加菲尔德先生就永远不会这么做。不光我这么想,邮局的希伯特夫人、铁匠铺的庞德先生,我们都觉得加菲尔德先生绝对不应该让少校一个人离开。要是伯纳比少校在雪堆里迷路了,大家都会责备加菲尔德先生的。就是这样。"

她得意扬扬地离开,去后厨开始叮叮当当地收拾茶具。

柯蒂斯先生沉思着,将老烟斗从右嘴角挪到了左嘴角。

他说道:"女人,总是话很多。"

他停了一下,然后又嘟囔起来。

"而且有一半的时间,她们都不知道自己在说什么。"

艾米丽和查尔斯对此没有回应。看到他不再说什么了,查尔斯低声赞同道：

"说得对。是啊，就是这样。"

"嗯！"柯蒂斯先生重新陷入了一种愉快而出神的沉思中。

查尔斯站起身来，说："我想出去走走，去看看伯纳比，告诉他明早开始摄影。"

"我和你一起去。"艾米丽说，"我想知道他对吉姆，还有这个案子是怎么看的。"

"你有带橡胶靴子之类的吗？外面实在太泥泞了。"

"我在艾克汉普顿买了惠灵顿防水靴。"艾米丽说。

"真是个明智的姑娘，你真是细致周到。"

"不幸的是，"艾米丽说，"这对找出凶手却没什么帮助，对行凶倒是可能有帮助。"她若有所思地加了一句。

"好吧，至少别杀了我。"恩德比先生说。

他们一同出门。柯蒂斯夫人立刻回到了客厅。

"他们去少校那里了。"柯蒂斯先生说。

"啊！"柯蒂斯夫人说，"你怎么看？他们是不是情人？人们都说表亲之间结婚有许多危害。孩子会聋或者瘸，要不就是弱智，还有许多其他坏处。他对她有意，这点显而易见。至于那个姑娘嘛，她可是个心机深沉的人，就像我婶祖母莎拉家的贝琳达一样，知道该怎么对付男人。不知道她想干什么，你明白我是怎么想的吗，柯蒂斯先生？"

柯蒂斯先生哼哼了两声。

"警方逮捕的那个年轻人，我觉得他才是她的目标。她过来寻找线索，想找出点什么来。记住我的话吧，"柯蒂斯夫人把瓷器弄得喀啦作响，说，"如果真有什么隐情，她肯定会打听出来的。"

## 第十四章 威利特家

就在查尔斯和艾米丽去拜访伯纳比少校的同时，纳拉科特探长正坐在斯塔福特寓所的客厅里，想搞明白威利特夫人到底是个什么样的人。

他想尽快问询威利特夫人的打算未能如意，因为道路一直不通，直到今天早上才终于能通行。他不知道自己想要挖掘些什么，但是肯定不是那些他已经知道的事情。掌控局面的人是威利特夫人，而不是他。

她急匆匆地走进客厅，一副公事公办、雷厉风行的样子。他看到的是一个高个子、瘦长脸、目光锐利的女人。她穿着一件精美的针织丝线套衫，不像是乡村的着装风格。她的袜子是那种昂贵的丝袜，鞋子是高跟漆皮鞋。她还戴着几只昂贵的戒指和一串质地上乘、价格不菲的人造珍珠。

"纳拉科特探长？"威利特夫人说道，"自然是了，你肯定会来这里的。这实在是一桩令人震惊的悲剧！我都不敢相信。你知道，我们今早才听到这个消息，都被吓坏了。请坐吧，探长先生。这是我的女儿维奥莱特。"

探长几乎都没有注意到这个跟在她身后的女孩子，她是个非常漂亮的姑娘，身材高挑，金发碧眼。

威利特夫人坐了下来。

"探长先生,我能帮上什么忙吗?我不太了解可怜的特里威廉上尉,但如果你有什么问题——"

探长慢慢说道:

"非常感谢您,夫人。当然了,在破案之前,很难说哪些信息能派上用场。"

"我非常理解。也许这屋里有什么能帮你们查明这桩惨剧的线索,但我对此表示怀疑。特里威廉上尉将个人物品全都带走了,他甚至害怕我会碰坏他的钓竿,可怜的人儿。"

她微微笑了一下。

"你并不认识他吧?"

"你是说在我租房子之前?哦!不认识。后来我几次邀请他来,但是他都没有来过,他实在是太害羞了。他就是这样,我认识不少像这样的男人。别人总说他们厌女之类的傻话,但他们只是害羞而已。如果我能更了解他的话,"威利特夫人很坚决地说,"我会很快平息这些谣言。这类男人只是需要有人带领他们更进一步罢了。"

纳拉科特探长开始明白为什么特里威廉上尉总是那样提防着自己的租户了。

"我们都邀请过他,"威利特夫人继续说道,"是不是,维奥莱特?"

"哦!是的,妈妈。"

"内心深处,他其实只是一个单纯的水手。"威利特夫人说,"每个女人都爱水手,纳拉科特探长。"

此时,纳拉科特探长明白了,目前为止这场问询都是由威利特夫人来引导的。他相信她是一个十分聪明的女人。她可能就像表现出来的一样清白无辜,但也有可能不是。

"我想要了解的关键问题是——"他停住了话头。

"什么,探长先生?"

"伯纳比少校,你知道的,他发现了尸体。他是因为在这里发生的一起偶然事件才被引去了那里。"

"你的意思是?"

"我是说,桌灵转。请原谅——"

他突然转过头来。

那姑娘发出了一声微弱的惊呼。

"可怜的维奥莱特,"她妈妈说道,"她特别难过,我们都非常难过!实在是不可思议。我这个人并不迷信,但这真是一件非常怪异的事情。"

"它的确发生了吗?"

威利特夫人眼睛睁大了。

"发生?当然了,确实发生了。那时候我觉得这就是一个玩笑,一个没心肝的玩笑罢了,不过是某个人的恶趣味。我怀疑是罗纳德·加菲尔德——"

"哦!不,妈妈。肯定不是他,他发誓他没有。"

"我是说,我当时是这么想的,维奥莱特。除了开玩笑之外,还能是什么呢?"

"这真是太不寻常了,"探长慢吞吞地说,"你当时很不安吗,威利特夫人?"

"我们都很不安。当时发生了那种情况,哦,我们在那之前只当是个游戏。你知道的,就是想在冬天的晚上找点乐子,然后突然就发生了这样的事情。我当时很生气。"

"生气?"

"嗯,当然。就像我说的,我觉得是有人在恶作剧。"

"那么现在呢?"

"现在?"

"是的,你现在是怎么认为的呢?"

威利特夫人摊开了双手。

"我不知道我是怎么想的,这太怪异了。"

"那么你呢,威利特小姐?"

"我?"

女孩吓了一跳。

"我……我不知道。我永远都不会忘记的。我做梦都会梦见这事儿。我再也不敢玩桌灵转了。"

"我想瑞克夫特先生会说这些都是真的,"她妈妈说道,"他相信这种神秘现象。真的,我都有些要相信了。如果那不是幽灵传来的真实消息,又该怎么解释呢?"

探长摇摇头,桌灵转不过是他抛出来的烟幕弹,接着,他随口问道:

"您不觉得这里冬天很荒凉吗,威利特夫人?"

"哦,我们很喜欢这里。我们从南非回来,那边和这里气候非常不一样。"

她的语调清脆又平常。

"真的吗?是南非的哪里?"

"哦!开普敦。维奥莱特从来没有在英国生活过。她被这里迷住了——发现了雪的浪漫。这座房子也真的很舒适。"

"是什么吸引你们来到这里的呢?"

他声音里多出了一些好奇。

"我们阅读了许多关于德文郡的书,尤其是有关达特穆尔的书。我们在船上读了关于威特库姆市集①的书。我一直想来看看达特穆尔。"

"你们为什么选定了艾克汉普顿呢?这里也并不是那么有名。"

"嗯,我们在船上看书的时候,有个男孩子谈到了艾克汉普顿,他对这里很有热情。"

"他叫什么名字?"探长问道,"是本地人吗?"

"他的名字吗?我记得是叫卡伦。不,是斯迈思。我真是笨死了,完全不记得了。你知道的,探长先生,乘船旅行就是这样。你认识了一些人,约好了还要再见面,只是你一上岸,才一个星期的时间,就把他们的名字忘光了。"

她笑了起来。

"但他真是个很好的男孩子,并不是很帅,红头发,有着讨人喜欢的笑容。"

"所以你决定在这里租个房子?"探长笑着说道。

"是的,我们是不是有点疯狂?"

"聪明,"纳拉科特想着,"太聪明了。"他开始意识到威利特夫人的手段了,她总是能把战火引向敌方阵营。

"所以你就给房产中介写信想要寻租一栋房子?"

"是的,他们发来了斯塔福特寓所的详细情况,听起来就是我们想要找的房子。"

探长大声笑着说道:"要我说,我不会推荐你在这个季节住过来。"

---

① Widecombe Fair,在每年九月第二个星期二举行,会吸引成千上万的游客到达特穆尔高原的威特库姆村来。最开始是展示和出售当地饲养的羊、马等家畜的集市,二十世纪二十年代也成为当地中小学生的体育节。由于口蹄疫,该集市于二〇〇一年底被取缔。

"要是我们一直住在英格兰的话，也会这么想的吧。"威利特夫人爽朗地说。

探长站起身来。

"你是怎么知道艾克汉普顿房产经纪人的名字的？"他问道，"很少有人知道的。"

对话停了下来。这是这场交谈的第一次冷场。他在威利特夫人的眼睛中看到了一丝恼火，或者愤怒，他问出了她没有事先准备过的问题。她转过头去问她的女儿。

"我们是怎么知道的，维奥莱特？我想不起来了。"

那个女孩的表情与母亲不同，看上去很害怕。

"啊，当然了，"威利特夫人说，"德尔弗瑞兹信息咨询处。他们家真是太棒了，我经常去咨询各种问题。我问他们这里最棒的中介商是谁，他们就告诉了我。"

"反应很快，"探长想着，"非常迅速。但是到底还是差了点儿。我可问住你了，夫人。"

他草草地查了查房子。房子里没什么特殊的，没有文件，没有上锁的抽屉或橱柜。

威利特夫人一直陪着他，愉快地和他聊着天。他礼貌地谢过了她，然后离开了。

就在他离开的时候，他瞥到了女孩的脸色。那张脸上的表情绝不会有错。

他在她脸上看到的是恐惧。此刻，恐惧明明白白地写在她的脸上，她以为没有人注意到她。

威利特夫人依旧在说话。

"唉。我们的确有个很大的问题，探长先生，是家庭问题。仆人们都不能忍受乡下的生活，都想离开，谋杀案的新闻把她们吓坏了。我不知道该怎么办，也许雇用男仆能解决这个问题。这是埃克塞特户籍登记处给的建议。"

探长心不在焉地应着，并没有在听她滔滔不绝的谈话。他正在想那女孩脸上不经意间出现的惊恐。

威利特夫人很聪明，只是还不够聪明。

他继续思考着他的问题。

如果威利特母女同特里威廉上尉的死亡无关，那维奥莱特为什么会如此害怕呢？

于是他开出了自己最后的一枪。就在他的脚迈过门槛的时候，他突然转过身来。

"顺便问一下，"他说，"你知道皮尔森这个年轻人，对吗？"

这一下是毫无疑问的寂静冷场。死寂大概持续了一秒钟，然后威利特夫人说：

"皮尔森？"她说，"我不——"

她的话被打断了。她身后的房间中传来一声奇怪的叹息，然后就是什么摔倒的声音。探长闪电一般跨过门槛奔回去。

维奥莱特晕倒了。

"可怜的姑娘，"威利特夫人大叫道，"这些压力和惊吓，还有那可怕的桌灵转，再加上谋杀……她不是个坚强的孩子。多谢你，探长先生。是的，就把她放到沙发上吧。请帮我按一下铃。不，我觉得没什么需要你帮忙的了，非常感谢。"

探长在走下车道的时候，嘴唇抿成了一条严厉的线。

他知道，吉姆·皮尔森已经订婚了——和他在伦敦见到的那位十分迷人的女孩子。

为什么维奥莱特·威利特会在他提到这个名字的时候昏过去呢？吉姆·皮尔森和威利特母女之间究竟有什么关联呢？

他出了大门,犹豫地停住了脚步,从口袋里掏出一个小小的笔记本来。上面是特里威廉上尉建造的六座小屋的居民名单,每个居民都配有一份简单的介绍。纳拉科特探长粗短的手指停在了第六座小屋的入口。

"对,"他自言自语道,"接下来最好见见这个人。"

他快步走下小巷,有力地敲着第六间房的门环。那是杜克先生的小屋。

## 第十五章 拜访伯纳比少校

恩德比先生领着路,走上了通往少校家前门的小路,他轻快地敲了敲门,门几乎是立刻就打开了,伯纳比少校脸红红地出现在了门槛处。

"原来是你。"他的声音里没什么热情,正要继续说下去的时候,看到了艾米丽,表情为之一变。

"这位是特里富西斯小姐。"查尔斯像亮出王牌一样说,"她很想见见您。"

"我可以进去吗?"艾米丽的脸上依然带着那种甜美的笑容。

"哦!可以,当然了,当然了。"

少校结结巴巴地说,进了小屋的起居室,他拉过来几把椅子,并把桌子推到了一边。

艾米丽一如既往,直接切入重点。

"您看,伯纳比少校,我和吉姆订婚了。就是吉姆·皮尔森,您知道的。所以我现在十分担心他。"

正在挪动桌子的少校停下了手里的活儿,大张着嘴。

"哎呀,"他说道,"这真是个糟糕的消息。亲爱的姑娘,我很遗憾,不知道该怎么说才好。"

"伯纳比少校,您跟我说实话吧。您相信吉姆是有罪的吗?哦,要是您这么想的话,也不用介意。我更希望人们不要对我撒谎。"

"不。我并不认为是他干的。"伯纳比少校很坚决地大声说道。他猛力拍了拍坐垫,然后坐下来面对艾米丽:"那小伙子是个不错的年轻人。要知道,他可能有点软弱。我这么说你不要生气,但我觉得他是那种面对诱惑,很容易步入歧途的年轻人。但是,谋杀——不会的。请注意,我知道我在说什么,我一生也是培养过不少的副官的。现如今人们总喜欢嘲笑退役军官,但是尽管如此,我们还是了解不少东西的,特里富西斯小姐。"

"当然了。"艾米丽说道,"您这么说,我真的十分感激。"

"你们要喝点威士忌和苏打水吗?"少校充满歉意地说,"恐怕家里就只有这个了。"

"不用了,谢谢您,伯纳比少校。"

"那就喝普通苏打水吧?"

"不必了,谢谢。"艾米丽说。

"我应该给你来点茶水的。"少校有些惆怅地说道。

"我们在柯蒂斯夫人家已经用过茶了。"查尔斯加上了一句。

"伯纳比少校,"艾米丽说,"您觉得凶手是谁?您有头绪吗?"

"不知道。见鬼,嗯……要是我知道的话……这实在是让人困惑。"少校说道,"本来我理所当然地以为是有人闯进屋子,但警察并不这么想。好吧,那是他们的工作,他们才是专家。他们说没人闯进来,所以我想那就是没人闯进来。尽管如此,这事儿还是难住我了,特里富西斯小姐。据我所知,特里威廉在这世上没有什么仇人。"

"就算有,你也会知道的吧?"艾米丽说道。

"是的,我想我比特里威廉的许多亲戚还要了解他。"

"有没有什么——任何事情都行,您能想得起来的细节,能帮吉姆洗清嫌疑?"艾米丽问道。

少校扯了扯短短的胡须。

"我知道你在想什么。我应该像小说里那样,记起能够成为线索的小插曲。嗯,对不起,确实没有这样的事情。特里威廉过着很平常的生活。他几乎不写信,也很少收到信。他的生活中也没有女性相伴,这个我可以肯定。特里富西斯小姐,这确实难住了我。"

他们三人都沉默着。

查尔斯开口问道:"那么他的仆人呢?"

"已经跟着他好多年了,非常忠诚。"

"他最近结婚了。"查尔斯说道。

"他娶了一位很体面的好姑娘。"

"伯纳比少校。"艾米丽说,"请原谅我这么问您,但您那时不是很担心他吗?"

少校揉着鼻子,很是不好意思,每当提到桌灵转的时候,他总会露出这样的神态。

"是的,我不否认这点,我确实很担心。我知道这些都是迷信,但——"

"但是不知为何,您就是很担心。"艾米丽帮他说了出来。

少校点点头。

"这就是为什么我想——"艾米丽说。

两个男人都看着她。

"我不能很好地把我的想法表达出来,"艾米丽说,"我的意思是:您说您并不相信桌灵转的把戏,但是尽管如此,即便天气这么糟糕,这件事对您来说又这么荒谬,您还是觉得很不安,所以就出发了,也不管天气情况到底如何,一定要看看特里威廉上尉是否平安无事。嗯,您不觉得是因为……那天的氛围有什么问题吗?"

"我是说,"见到少校面无表情的脸,她忙接着说,"也许当时除了您,其他人心中也有类似的想法。而且不知为何,您察觉到了这一点。"

"好吧,我不清楚。"少校说道,又揉起了鼻子,"当然了,"他满怀希望地加了一句,"女人都喜欢把这些事儿当真。"

"女人!"艾米丽轻柔地喃喃自语,"是的,不知为什么,我觉得就是这个了。"

她突然转向伯纳比少校。

"威利特一家是什么样的?"

"哦,嗯,"伯纳比少校在脑海中四处搜索,他并不擅长做个人描述,"嗯,她们很和善,愿意帮助别人,就这些。"

"她们为什么想在这种季节租下斯塔福特寓所?"

"我不知道,"少校又加了一句,"没人知道。"

"难道您不觉得这很奇怪吗?"艾米丽坚持着问下去。

"当然奇怪。但是人各有所好,警察是这么说的。"

"那是胡说八道。"艾米丽说,"人不会无缘无故做出这样的事。"

"好吧,我也说不好。"伯纳比少校言辞谨慎,"有些人不会这么做。比方说,你就不会这么做,特里富西斯小姐。但是有些人……"他叹了口气,摇了摇头。

"您确定她之前没有见过特里威廉上尉吗?"

少校搜寻着自己的记忆。特里威廉应该会对他说过什么。不,他和其他人一样,都很吃惊。

"那他觉得这事儿奇怪吗?"

"当然了,就像我告诉你的,我们都觉得奇怪。"

"威利特夫人对特里威廉上尉的态度如何呢?"艾米丽问道,"她有没有想要避开他?"

少校低低笑了一声。

"不,并没有。她总缠着他,邀请他过去做客。"

"啊!"艾米丽沉思着,安静了一会儿,又开口说道,"所以她可能……有可能只是为了结识特里威廉上尉才租下斯塔福特寓所的?"

"嗯,"少校似乎正在脑海里琢磨这个念头,"是的,我觉得的确有可能。不过,只是为了熟悉一个人,花销也太大了。"

"我不知道,"艾米丽说,"不这么做的话,特里威廉上尉也不是一个容易结识的人。"

"对,他确实不易结识。"这位已故上尉的朋友同意道。

艾米丽说:"我很纳闷。"

伯纳比说:"警察也是这么想的。"

艾米丽突然对纳拉科特探长泛起了一种厌恶。所有她想到的事情,这位探长都已经想到过了。这对于一个自认为比其他人更敏锐的年轻女性来说是十分令人恼火的。

她站起身来,伸出了手。

她简单说道:"非常感谢您。"

"我希望能多帮些忙,"少校说,"我这个人脑子比较直,向来如此。要是我能更聪明点,也许就能发现什么线索。不管怎样,如果你需要什么帮助,可以来找我。"

艾米丽说:"谢谢,我会的。"

"再见,先生,"恩德比说,"我明天早上会带着相机来的。"

伯纳比哼了哼。

艾米丽和查尔斯折回了柯蒂斯夫人家。

"来我的房间吧，我有事要和你谈谈。"艾米丽说。

她坐在椅子上，查尔斯坐在床上。艾米丽摘下帽子，像扔飞盘一样把帽子抛到了角落里。

"现在，你听我说，"她说道，"我想我已经知道该从哪儿着手了。我可能是错的，也可能是对的，不管怎样，这是个头绪。我想，关键就在那场桌灵转。你玩过桌灵转吧？"

"哦，玩过，偶尔会玩。不太当真的那种。"

"是，当然了。这就是那种人们会在阴雨天的下午玩的游戏，每个人都说是别人在摇桌子。你玩过的话就知道是怎么回事。桌子会开始拼写，比如，嗯，人名，至少也是其中一个参与者知道的名字。他们通常都能立刻意识到要拼的是什么，然后在心里期望这不是真的，但同时又会不自觉地颤抖。这种预期会让你在下一个字母拼出来的时候不自觉地惊叹出声，然后让桌子停下。而且有的时候，你越不希望这么做，就越会这么做。"

"是，没错。"恩德比先生赞同道。

"我不相信幽灵这类东西。但是想一想吧，如果这些人中，有人在玩游戏的时候就知道特里威廉上尉已经被杀了——"

"哦，我说，"查尔斯抗议道，"这也太牵强了。"

"嗯，事情应该不会这么简单。不过，是的，我认为肯定是这样的。这只是一个假设，仅此而已。就是说，有人知道特里威廉上尉死了，然后又藏不住消息。桌子可以泄露机密。"

"这可是个别出心裁的想法，"查尔斯说，"但是我不相信这是真的。"

"我们先假设是真的，"艾米丽坚定地说，"我觉得在破案的时候，你一定要大胆去推测。"

"哦，这我很赞同。"恩德比先生说，"那我们就假设这是真的吧，你喜欢就好。"

"所以我们要做的就是，"艾米丽说，"仔细考察当时玩桌灵转的那些人。就从伯纳比少校和瑞克夫特先生开始吧。嗯，他们中不太可能有谁是凶手同伙。然后就是杜克先生。好吧，目前我们对他一无所知。当然了，他最近才搬来，可能是个危险的外地人，帮派成员之类的。我们可以在他的名字这里做个未知的标记。然后再来看看威利特母女。查尔斯，她们身上有很多的谜团。

"她们究竟会从特里威廉上尉的死亡中获得什么呢？

"好吧，乍看之下，她们什么都得不到。但如果我的理论正确，那么这其中一定有所关联。我们得找出这种关联。"

"好吧。"恩德比先生说，"要是这些假设都是错的呢？"

"嗯，那我们就得从头再来了。"艾米丽说道。

"听！"查尔斯突然说。

他举起手来，走到窗前推开窗户，艾米丽也走了过去，听到了这个引起了对方注意力的声音。这是来自远处的钟声。

他们站在那里听的时候，柯蒂斯夫人激动的声音从下方传来：

"你听到钟声了吗，小姐，你听到了吗？"

艾米丽打开门。

"你听见了吗？很清楚的，不是吗？"

"怎么了？"艾米丽问道。

"这是王子镇的钟声，小姐，离这里有十二英里远。这意味着有犯人逃跑了。乔治，乔治，你跑到哪儿去了？你听到钟声了吗？有罪犯逃跑了。"

她的声音消失在了厨房里。

查尔斯关上了窗户,又重新坐回床上。

"太可惜了,这事儿发生的顺序完全不对。"他心平气和地说,"如果这个犯人在上周五逃跑,就可以被算作这场谋杀的犯人了。根本不用再找了。饥饿绝望的逃犯闯入家门,特里威廉为了保护他的家,被罪犯打倒在地。多么简单。"

"本来可以是这样。"艾米丽叹了口气。

"可是现实却是,"查尔斯说道,"他晚逃跑了三天,实在是太不巧了。"

他惋惜地摇了摇头。

## 第十六章 瑞克夫特先生

艾米丽第二天醒得很早。她是个理智的人，知道恩德比先生至少要到快中午的时候才会起床，在那之前是不太可能协助她的。她有些心神不宁，在床上翻来覆去，最终决定去散个步，于是就沿着昨天来时的小巷，朝反方向走去。

她经过了斯塔福特寓所的大门，门在她的右手边。很快，小巷朝右拐去，爬上陡峭的山丘，来到广阔的荒野，路面变成了草间小径，最后消失在草丛里。早晨天气不错，空气清新而凛冽，景色迷人。艾米丽登上了斯塔福特山顶，山上灰色怪石嶙峋，形状特异。从这个高度向下看去，能够看到广阔的荒原，延绵不绝，既无人烟也无道路。下面突岩的另一端有大量灰色的花岗岩和巨石。她看了一会儿风景，便望向了北方，也就是她来时的方向。她的下方就是斯塔福特村，房屋建筑聚集在山的一侧，斯塔福特寓所变成了灰色的一点，那些星罗棋布的小屋在更远处。在下方的山谷地区，她还可以看到艾克汉普顿。

艾米丽胡乱地想着："登高才能望远。从这儿看下去，本应像掀起玩偶之家的房顶，去窥视内部一样清楚。"

她多么希望自己曾经见过那已故的人一面呀。想要了解一个素未谋面的人实在太难了。你只能依靠别人的判断，艾米丽从来不认为别人的判断比她的更高明。其他人的印象对她来说没什么用。他们的判断和她的一样，可能对也可能错，但她却不能指望他们。她不能从别人的角度攻击。

艾米丽烦乱地思考着这些问题，不耐烦地叹了口气，然后换了个站姿。

她沉浸在自己的思绪里，忘记了周围的世界。当她发现有个老先生就站在几英尺远的地方时，不由得吓了一跳。他谦卑有礼地拿着帽子，快速说道：

"不好意思，请问你就是特里富西斯小姐吧？"

艾米丽回答："是的。"

"我的名字是瑞克夫特。请原谅我如此唐突地和你打了招呼，但是在这种小地方，任何细节都会变得尽人皆知。你昨天到达之后，消息很快就传开了。我可以向你保证，大家都对你的处境深表同情，特里富西斯小姐，我们都希望能够尽己所能帮助你。"

艾米丽说："你们真是太善良了。"

"哪里，哪里，"瑞克夫特先生说，"美人遇难，出手相救是应该的——请原谅我这种老派的说法。但是说真的，亲爱的女士，如果有任何我能帮上忙的地方，我一定会帮忙的。从这里看下去景色非常美，是吧？"

"非常美。"艾米丽赞同道，"荒野的景色真的很美。"

"你知道昨晚有犯人从王子镇逃跑了吗？"

"知道。他被再次抓获了吗？"

"应该还没有。唉，可怜的家伙，过不久他肯定就要被抓起来了。过去二十年来还没有人成功地从王子镇逃出来过呢[①]。"

"王子镇在哪个方向？"

---

[①] 在此处有著名的达特穆尔监狱，是为了关押拿破仑战争时期的囚犯而设立的。这所监狱曾有个"无逃犯"的美名，既有建筑本身的原因，也与其所处的环境有关。

瑞克夫特先生抬起胳膊，指向了荒原的南边。

"就在那儿，直线距离大约十二英里，走路的话要十六英里。"

艾米丽轻轻打了个冷战。一想到那名绝望的逃犯她就忍不住颤抖。瑞克夫特看着她，轻轻地点了点头。

"是的。"他说道，"我也有同感。追捕一个活生生的人会让人有一种本能的反感，但是，王子镇上关押的都是危险的重犯，那种无论是谁都想要竭尽全力把他们关起来的人。"

他露出了一个略带歉意的笑容。

"请原谅我，特里富西斯小姐，我对犯罪学有很浓厚的兴趣。这是个迷人的学科。鸟类研究和犯罪学是我的两项课题。"他停顿了一下，然后继续说了下去：

"如果你同意的话，我想用这方面的知识来帮助你。我一直都想试试亲自调查犯罪案件。特里富西斯小姐，您是否愿意相信我，让我运用自己的知识和经验来帮助你？我读过许多相关的书籍，也研究得很深入。"

艾米丽沉默了一会儿。她很开心事情正在往利于自己的方向进展。眼下就有在斯塔福特生活的人要将第一手情报提供给她。"不同的攻击角度"——之前艾米丽脑海里出现过这个短语，如今又再次浮现。她已经了解了伯纳比少校的视角：实事求是、简单直接。少校认定了事实，就完全不去理会那些微妙之处。现在，有人提供给她另一种角度，她看到的东西可能会完全不同。这个矮矮的、干瘪的老人对犯罪学很有研究，了解人性。和少校那样的行动家不同，瑞克夫特先生拥有思想家对生活天然的好奇。

"请您帮帮我，"她简单直接地说道，"我很担心，也很难过。"

"当然了，亲爱的，当然了。据我所知，特里威廉的侄子已经被逮捕,或者说被扣留了——针对他的证据简单而直接。不过,我思想比较开放,觉得并不一定如此,请别介意。"

"我当然不介意。"艾米丽说,"您并不认识他,为什么会相信他是清白的呢?"

"这个问题很好,"瑞克夫特先生说道,"真的,特里富西斯小姐,你本人就是个有趣的研究课题。顺便问一下,你的名字……你是不是和我们那位可怜的朋友特里威廉一样,是康沃尔人?"

"是的,"艾米丽说,"我父亲是康沃尔人,母亲是苏格兰人。"

"啊!"瑞克夫特先生说,"真是非常有意思,现在咱们来说说这个问题吧。一方面,我们假设年轻的吉姆——他是叫吉姆对吧?我们假设年轻的吉姆非常需要钱,于是来探望舅舅,向他要钱,舅舅拒绝了他,他一冲动,就捡起放在门边的沙袋打了舅舅的脑袋。这起犯罪是头脑发热的产物,是那种最令人扼腕叹息的、愚蠢的激情犯罪。事情可能是这样的。另一方面,他们可能吵了一架,吉姆生气地离开,然后另有一个人伺机进入了特里威廉家,犯下了罪案。这是你希望的情况,虽然有些不一样,但我也是这么希望的。我不希望这起罪案是你未婚夫犯下的,要真是这样就太无趣了。所以我支持另一种思路:这件案子是其他人犯下的。如果这样假设,我们立刻就能得知一项重要情报。是否有其他人知道他们之间的争吵?这场争吵是否促成了谋杀?你明白我想说什么了吗?有人想除掉特里威廉上尉,然后抓住了这个机会,并且意识到嫌疑都会落到年轻的吉姆身上。"

艾米丽从这个角度思索起来。

"要是这样的话……"她缓缓地说道。

瑞克夫特先生替她把话说完了。

"要是这样的话，"他迅速说道，"凶手就可能是特里威廉上尉很亲近的人。他可能住在艾克汉普顿。在争吵过程中，或者争吵过后，他多半就在房子里。咱们现在不是在法庭上，可以随意猜测，那个叫伊万斯的仆人正好符合我们所说的条件。这个人很有可能待在房子里，偷听到那场争吵，然后抓住了机会。我们下一个重点就是要找出伊万斯是否能从主人之死中获利。"

艾米丽说："我听说他会得到小笔遗产。"

"这不一定能构成充分的犯罪动机。我们得知道伊万斯是否迫切需要钱，还必须考虑到伊万斯夫人——我知道他刚刚有了一位夫人。如果你学习过犯罪学，特里富西斯小姐，你就会意识到近亲结婚带来的古怪影响，尤其是在乡村地区。在布罗德穆尔地区就起码有四个年轻女性，举止有礼，但是性情古怪，人命对她们来说无足轻重。嗯——我们必须要考虑到伊万斯夫人。"

"瑞克夫特先生，您怎么看那场桌灵转？"

"哦，那确实非常奇怪，十分奇怪，我承认，特里富西斯小姐，这件事给我留下了深刻的印象。你可能听说了，我相信超自然现象的存在。在某种程度上，我相信招魂术。我已经写了完整的说明邮寄给英国心灵研究协会。这是个被证实了的令人惊讶的案子。现场的五个人，没有一个人想到或者怀疑特里威廉会被人杀害。"

"您不认为——"

艾米丽没有说下去。她认为五人之中有人事先知道这次谋杀，但要把这件事告诉瑞克夫特先生却没那么简单，毕竟他本人就在场。这倒不是说她觉得瑞克夫特先生与那场悲剧有关。但是直接说出来显然不太妥当，于是她采取了更加迂回的战术。

"这件事情让我很感兴趣,瑞克夫特先生,就像您说的,是一个令人惊奇的事件。您不觉得当时在场的人中,除了您之外,有人能通灵吗?"

"亲爱的小姐,我本人不会通灵,没有那方面的能力。我只是一个感兴趣的观察者。"

"那加菲尔德先生呢?"

"他是个不错的人。"瑞克夫特先生说,"但是各方面都很平常。"

"他似乎手头比较宽裕。"艾米丽说。

"我觉得他是个不名一文的人。"瑞克夫特先生说道,"希望我没用错成语。他来这里伺候他的姨妈,是为了从她那儿得到一些'好处'。佩斯豪斯小姐是一个非常聪明的女人,我想她知道他的这些关心照料价值几何。但是她用自己讽刺幽默的方式来让他继续献殷勤。"

"我很想见见她。"艾米丽说。

"是的,你一定得见见她。她也毫无疑问会要求见你的。好奇心,亲爱的特里富西斯小姐,什么都敌不过好奇心。"

"跟我说说威利特一家吧。"艾米丽说。

"她们很迷人,"瑞克夫特先生说,"非常迷人。当然了,她们是殖民地居民。并不是真的有教养,如果你明白我的意思的话。她们有点过于热情好客,外表粉饰得非常华丽。维奥莱特小姐是个迷人的姑娘。"

"这里可不是个过冬的好地方。"艾米丽说。

"是啊,非常奇怪,不是吗?但毕竟她们这样做也在情理之中。我们生活在这个国家,憧憬阳光、温暖的气候、摇曳的棕榈树。生活在澳洲和南非的人则憧憬传统的、冰天雪地的圣诞节。"

艾米丽心想:"我真想知道这些都是谁告诉他的。"

她觉得,如果只是想体验传统的白色圣诞,根本没必要大费周章地跑到偏远的荒野乡村来。很明显,瑞克夫特先生并不觉得威利特母女来这里过冬有任何问题。但是,她也想到了,对于鸟类学家和犯罪学家瑞克夫特先生来说,会这么想也是很自然的。对他而言,斯塔福特显然是一个理想居所,他不会觉得别人选择来这里居住有什么问题。

他们缓缓走下山坡,步入小巷之中。

"那间小屋是谁在住?"艾米丽突然发问。

"是怀亚特上尉。他行动不便,非常不爱交际。"

"他是特里威廉上尉的朋友吗?"

"算不上是亲密的朋友。特里威廉只是偶尔去拜访而已。事实上,怀亚特不欢迎访客,他是个性格乖戾的人。"

艾米丽沉默着没说话。她在琢磨自己成为访客的可能性,她不想放过任何一个可能的攻击角度。

她突然想起来,那场降神会里还有一个她尚未提及的人。

她直接问道:"杜克先生呢?"

"他怎么了?"

"嗯,他是谁呢?"

"哦,"瑞克夫特先生缓缓地说,"没人知道。"

"真奇怪。"艾米丽说。

"事实上,"瑞克夫特先生说,"一点也不奇怪。你看,杜克是个很普通的人。我想唯一神秘的就是他的出身,但那也没什么大不了的。他就是个很实在的好人。"他赶快又加了一句。

艾米丽沉默不语。

"这是我的屋子。"瑞克夫特先生停下脚步,"也许你愿意赏光进来坐坐。"

"我很愿意。"艾米丽答道。

他们走上小路,走进了小屋。屋内布置得很不错,书柜靠墙而立。

艾米丽走过去,好奇地浏览着书名。有一部分书是关于神秘现象的,另一部分则是现代侦探小说,远处最大的一个架子上陈列的都是犯罪学的书,都是世界著名的案例。鸟类学方面的书相对来说只占了一小部分。

"这地方真不错,"艾米丽说,"不过我必须得回去了。恩德比先生应该已经起来在等我了。事实上,我还没吃早饭。我们告诉柯蒂斯夫人九点半吃早饭,现在已经十点钟了。我已经迟到太久了,因为您实在是太有趣了,而且还这么乐于助人。"

艾米丽投给了瑞克夫特先生迷人的一瞥,他嘟囔道:"我什么都能帮你。你可以指望我的,我们是合作伙伴。"

艾米丽紧紧地握住他的手。

她再次说出了那句在她不算长的人生里派上了很大用场的话:"有人可以依靠,真是太好了。"

## 第十七章 佩斯豪斯小姐

艾米丽回去之后,看到了作为早餐的鸡蛋和培根。查尔斯正在等她。

柯蒂斯夫人依旧对逃犯的事很是激动。

"距离上一个罪犯逃跑已经两年了。"她说,"他们花了三天的时间才抓到他,就在莫顿汉普斯特德附近。"

"你觉得他会往这边来吗?"查尔斯问道。

柯蒂斯夫人否决了这个想法。

"他们绝不会往这边来的,全都是光秃秃的荒原,只有几个小镇。他会去普利茅斯,那是最有可能的。但是警察肯定会在那之前抓住他的。"

"在突岩另一侧的岩石中,有一个很好的藏身之处。"艾米丽说。

"是啊,小姐。那里有个藏身的地方,叫皮克斯洞。入口狭窄,在两块岩石的中间,但是里面就宽敞了。人们都说查尔斯国王的一个属下曾经在里面藏了两个星期,有一个农场的女仆为他提供食物。"

"我一定要去看看皮克斯洞。"查尔斯说。

"要是知道那个地方有多么难找,你肯定会惊讶的,先生。夏天的时候,许多去野餐的人找了整整一下午都一无所获,但要是你找到了,就在里面留一个别针,会带来好运的。"

早餐结束后,查尔斯和艾米丽在小花园散步,查尔斯说:"我在想,要不要去一趟王子镇?一旦你开始走运,机会就接二连三地出现。你看我,从简单的足球竞赛奖金开始,在我反应过来之前,面前就摆好了一个逃犯和一个凶手。真是不可思议!"

"你不去拍摄伯纳比少校的房子了吗?"

查尔斯看了看天。

"嗯,"他说,"我就跟他说,天气不好,拍不了。我得找一个理由尽可能长时间地留在斯塔福特。而且现在的确又起雾了。呃,我希望你别介意,我已经把对你的采访发出去了。"

"哦!好的。"艾米丽下意识地回答,"你都让我说了些什么?"

"就是人们通常都爱听的那些,"恩德比先生说,"我们的特派代表采访了艾米丽·特里富西斯小姐,她的未婚夫詹姆斯·皮尔森被指控谋杀特里威廉上尉,已被警方逮捕。然后就是我对你的印象,是一个有活力的、美丽的姑娘。"

艾米丽说:"谢谢。"

查尔斯接着说:"短发。"

"短发是什么意思?"

"你是短发姑娘。"查尔斯说。

"好吧,我确实是。"艾米丽说,"但是为什么要提这个?"

"女性读者总想了解这种事。"查尔斯·恩德比说,"这是一篇十分精彩的采访。你说了很多感人的话,你说,就算整个世界都与他为敌,你也要站在他身边。"

"我说过这个?"艾米丽做了个鬼脸。

"你介意吗?"恩德比先生不安地问。

"哦！不，"艾米丽说，"尽情享受吧，亲爱的。"

恩德比先生看上去有点吃惊。

"没什么，"艾米丽说，"我小时候的围兜上就有这句话，我的星期天专用围兜。周一到周六的围兜上写的是'不要贪吃'。"

"原来如此。我还给特里威廉上尉的海军生涯加了点料，洗劫外国珍宝、遭到奇怪祭司的报复之类的。你知道的，就只是一点点暗示。"

"嗯，你似乎是做得不错。"艾米丽说。

"你去了哪里？你起得很早，天知道你起得有多早。"

艾米丽讲述了她和瑞克夫特先生的会面。

她突然停止了讲话，恩德比顺着她的目光看过去，才发现来了一个面色健康红润的年轻人，正靠着大门，试图吸引他们的注意力。

"我得说，"年轻人说道，"打断你们真是非常抱歉。我是说，这很尴尬，不过，是姨妈派我来的。"

艾米丽和查尔斯同时发出了疑问的"啊？"声，而他们得到的回答也没好到哪儿去。

"对。"年轻人说，"说实话，我姨妈是一个凶悍的人。她说过的话就一定要做到，如果你明白我的意思的话。当然了，在这种时候过来恐怕是挺糟糕的，但是要是你们了解我姨妈，听她的话，很快就会知道——"

"你的姨妈是佩斯豪斯小姐吗？"艾米丽打断他问道。

"是的。"年轻人宽慰了些，"所以你知道她？柯蒂斯太太肯定提到过了。她是个爱乱嚼舌头的人，是吧？不过她不是坏人。嗯，事实是，我姨妈说她想见见你，让我来传个信儿，她想和你打个招呼，但是她腿脚不方便，没法出门，要是你能去看看她就太好了。好吧，你知道这类事情，我不用说出来。其实她只是好奇而已，要是你说你头痛，或者要去写信，就不用这么麻烦了。"

"哦，我不觉得麻烦。"艾米丽说，"我立刻就和你一起去见她。恩德比先生要去找伯纳比少校。"

"我要去吗？"恩德比低声问。

"你得去。"艾米丽坚定地说。

她简单地点点头打发了恩德比，然后跟着这位新朋友上了路。

"我想你就是加菲尔德先生吧。"她说。

"是的。抱歉，我应该先自报家门的。"

"哦，好吧，"艾米丽说，"也不是很难猜。"

"你愿意来真是太好了，"加菲尔德先生说，"许多姑娘都会觉得被冒犯了。但是你知道，那些老妇人就是这样的。"

"你不住在这里吧，是吗，加菲尔德先生？"

"当然不住这儿。"罗尼·加菲尔德热情地说，"你见过比这儿更荒凉的地方吗？连个电影院都没有，要不是出了个谋杀案，谁会想——"

他闭了嘴，为自己刚刚说出口的话感到惊骇。

"对不起。我真是个倒霉的家伙，总是说错话。我不是这个意思。"

"我相信你不是这个意思。"艾米丽安慰道。

"我们到了。"加菲尔德先生说。他推开大门，艾米丽走进去，走上了一条与通往其他小屋一样的上坡路。屋内起居室面向花园的方向有一个沙发，上面坐了一位老妇人，她瘦长的脸上布满皱纹，鼻子又尖又弯，艾米丽从未见过比这更具威慑力的鼻子。老妇人有点困难地用一只手肘来支撑自己起身。

"你把她带来了。"她说,"你真是太好心了,我亲爱的,能过来看看我这个老家伙。要知道,当你行动不便了,就一定要事事都插手,否则你不去管它,它就要过来找你了。别觉得我喊你来纯粹是出于好奇,可不仅仅是这样。罗尼,去给花园里的家具刷油漆吧。就在花园的棚子里,两把椅子和一条长椅。油漆已经放在那里了。"

"好的,卡洛琳姨妈。"

听话的侄子消失了。

"请坐。"佩斯豪斯小姐说。

艾米丽按照指示坐在了椅子上。说来奇怪,她立刻就对这个说话尖刻的中年残障女性产生了一种同情和喜爱,觉得很亲切。

艾米丽想着:"这个人直指要害,有自己的做事方式,能指挥所有人。就像我一样,只是我碰巧有一副好面孔,而她是让人臣服于她的个性。"

"我知道你就是那个和特里威廉的侄子订婚的女孩,"佩斯豪斯小姐说,"我已经听说了你的事,现在也见到你了,我知道你是来做什么的。祝你好运。"

"谢谢。"艾米丽说。

"我讨厌哭哭啼啼的女人,"佩斯豪斯小姐说,"我喜欢那种振作起来付诸行动的人。"

她目光锐利地看着艾米丽。

"我想你在可怜我,我一直躺在这里,永远不能站起来出去走走。"

"不。"艾米丽沉思着说,"我没有这么想。我想,人只要下定决心,就能把事情做成。就算不能亲力亲为,也能以别的方式达成。"

"太对了,"佩斯豪斯小姐说,"你要从不同的角度看待人生,就是这样。"

艾米丽小声说道:"攻击角度。"

"你说什么?"

艾米丽把早上想到的理论尽可能清晰地概述了一遍,她已经在着手处理这件事了。

"不错,"佩斯豪斯小姐点点头,"现在,亲爱的,我们来说说正事。你并不傻,你来到这个村子是为了调查这里的人,看看是否能找出跟那起谋杀有关的人。嗯,要是你想知道这里居民的情况,我可以告诉你。"

艾米丽没有浪费时间,她简明有力地直指重点。

"说说伯纳比少校。"她问道。

"很典型的退伍军官,思想狭隘,目光短浅,性情易妒。在金钱问题上容易受骗。他是那种会投资南海泡沫①的人,看不见离鼻子一码远的东西。他及时还债,不喜欢进门前不在门垫上把鞋擦干净的人。"

"那瑞克夫特先生呢?"艾米丽问道。

"奇怪的小个子男人,极端利己主义者。脾气古怪。觉得自己是个不错的家伙。我想他已经提出要帮助你解决这桩案子了,用他那绝妙的犯罪学知识。"

艾米丽承认确有此事。

"那杜克先生呢?"她问道。

"我不了解这个人,他是那种平淡无奇的人。我应该了解的,

---

① 南海泡沫是经济学上的专有名词,指的是在一七二〇年春天到秋天之间,脱离常规的投资狂潮引发的股价暴涨和暴跌,以及之后的大混乱。

但却没有做到。这很奇怪。这就像是名字都已经到你嘴边了，你却想不起来了。"

"威利特家呢？"艾米丽问道。

"啊！威利特家！"佩斯豪斯颇感兴趣地抬起了眉毛，"威利特母女吗？我要告诉你一些她们的事情，亲爱的。这对你可能有用，也可能没用。去我的写字台，拉出最上面的小抽屉，左边的那个，对。把那里的空白信封拿给我。"

艾米丽拿出信封来。

"我说不好这是重要还是不重要，"佩斯豪斯小姐说，"反正每个人都在说谎，威利特夫人也有权这样做。"

她拿过信封，把手伸进里面。

"威利特一家刚到这里的时候，穿着讲究，带着仆人和最新款的箱子，她和维奥莱特乘福特车，女仆带着那些箱子乘公交车。当时大家都来凑热闹，她们经过的时候我正向外瞧，看见了一张彩色的标签从一个箱子上掉下来，落到了我这边。我最讨厌胡乱丢下的纸屑垃圾，所以就让罗尼出去把它捡起来，我正打算把它丢掉的时候，突然发现，这标签挺好看的，可以用在给儿童医院的剪贴簿里。要不是威利特夫人有几次故意提起维奥莱特从未离开过南非，而她本人也只去过南非、英格兰和里维埃拉[①]的话，我根本就不会再想起来这回事儿。"

"是这样吗？"艾米丽问道。

"就是这样，看看这个。"

佩斯豪斯小姐把一张行李标签塞进艾米丽的手中。上面的字样是：门德尔旅馆，墨尔本。

---

[①] 地中海沿岸区域。包括意大利的波嫩泰、勒万特和法国的蓝岸地区，著名海滨度假胜地。尤指法国的地中海海滨地区。

"澳洲。"佩斯豪斯说，"这可不是南非，就算是在我年轻的时候这个地方也不是南非。我敢说这算不上是重要的事情，但还是有价值的。还有件事要告诉你。我听到威利特夫人叫她女儿的时候说了'库伊'①，这是典型的澳洲说法，而不是南非的。我觉得奇怪，为什么不承认自己是来自澳洲的呢？"

"确实很奇怪，"艾米丽说，"而且选择在这个时节来这里过冬也很奇怪。"

"确实，"佩斯豪斯小姐说，"你见过她们了吗？"

"没有。我原本是想今天上午去的，只是不知道该说些什么。"

"我给你提供一个借口。"佩斯豪斯小姐轻快地说，"拿我的钢笔和一些笔记纸来，还有信封。对。好，让我想想。"她故意停了一下，然后没有发出任何警告，便提高嗓门大声喊起来：

"罗尼，罗尼，罗尼！你聋了吗？为什么叫你也不过来？罗尼！罗尼！"

罗尼急匆匆地小跑过来，手里还拿着油漆刷子。

"有什么事吗，卡洛琳姨妈？"

"我有什么事？我正在叫你，就这事儿。昨天下午你在威利特家喝茶的时候吃了什么特别的蛋糕吗？"

"蛋糕？"

"蛋糕，三明治，什么都行。你怎么这么慢吞吞的啊孩子。你昨天喝茶到底吃了什么？"

罗尼十分不解地说："咖啡蛋糕，还有肉酱三明治——"

"咖啡蛋糕，"佩斯豪斯小姐说，"就这个了。"她开始飞快

---

① Cooee，澳洲本地人打招呼时发出的声音，类似"喂"的意思。

地写字,"接着回去刷漆吧,罗尼。别磨磨蹭蹭的,别站那儿大张着嘴。你八岁的时候就去除了扁桃体,现在可不能用它当借口了。"

她继续写道:

亲爱的威利特夫人,我听说您昨天下午喝茶的时候,配有非常美味的咖啡蛋糕。您是否可以好心把它的配方告知我?我知道您不会介意的,我这样一个行动不便的人,除了饮食,也没什么其他追求。特里富西斯小姐很好心地答应帮我送这张便条,因为罗尼今天上午实在是太忙了。那个逃犯的消息真是太可怕了。

你真诚的

卡洛琳·佩斯豪斯

她把便条装进信封里,封起来然后写上地址。

"给你,小姑娘。你可能会在门前见到许多记者。很多人坐着观光车经过了小巷,我看到了。你过去,说你帮我给威利特夫人带了一个便条,就能进去了。不用我说你也知道要睁大眼睛,尽可能地利用这次拜访的机会。你会成功的。"

"你真是太善良了,"艾米丽说,"真的。"

"我帮助那些愿意付诸行动的人,"佩斯豪斯小姐说,"顺便说一下,你还没有问我关于罗尼的事。我猜他也在你要调查的名单上。他是个好小伙,但是很软弱。我很遗憾地说,他几乎会为了钱做任何事。看看他是怎么对我的吧!而且他脑子不够,要是他时不时地站出来,跟我说见鬼去吧,我可能会十倍地喜欢他。

"村子里还有一个人,就是怀亚特上尉。我觉得他抽鸦片,而且他是英格兰脾气最差的人。你还有什么其他想知道的吗?"

"我想已经没有了。"艾米丽说道,"你告诉我的已经十分全面了。"

## 第十八章 艾米丽拜访斯塔福特寓所

艾米丽快速地沿着小巷行进的时候，注意到上午的天气又发生了变化。浓雾聚集起来，萦绕不散。

"英格兰可真是个糟糕的居住地，"艾米丽想着，"不是下雪、下雨、刮风，就是大雾。就算太阳出来了，天还是冷的，你都感觉不到自己的手指或者脚趾。"

一个离右耳朵很近的沙哑的声音打断了她的思绪。

"不好意思，你见到一只牛头梗了吗？"

艾米丽吃了一惊，转过身来。门口倚着一个又高又瘦的男人，有着棕色面孔、充血的双眼和灰色的头发。他用拐杖撑着一边的身体，用充满兴味的眼神打量着艾米丽。她毫不费力就认出了这是第二间小屋腿脚不便的居民，怀亚特上尉。

"不，我没见到。"艾米丽说道。

"它跑出去了。"怀亚特上尉说，"可爱的小生物，但实在是太傻了。这么多的车——"

"这样的小巷应该不会有很多汽车的。"艾米丽说道。

"夏天的时候会有观光车，"怀亚特上尉严肃地说，"三英镑六便士，早上从艾克汉普顿来这里，中途会登斯塔福特灯塔山，吃一些点心。"

"是啊，但现在不是夏天。"艾米丽说。

"尽管如此,刚才还是有一辆观光车过去了。记者吧,我想,可能是要去看斯塔福特寓所。"

"你了解特里威廉上尉吗?"艾米丽说。

她的想法是,牛头梗不过是怀亚特上尉的一个托词罢了,他之所以向她搭话,是因为好奇。她很明白,她现在是斯塔福特当地的关注对象。怀亚特上尉和别人一样想看看她,这也是人之常情。

"我不怎么了解他。"怀亚特上尉说,"他只是卖给我小屋而已。"

"这样啊。"艾米丽鼓励地说道。

"他是一个吝啬鬼。"怀亚特上尉说,"原本说好了这个地方要按购买者的品位来建造,只是因为我要把窗框刷成由柠檬黄衬托的巧克力色,他就让我平摊粉刷费。说布置都是统一的颜色。"

"你不喜欢他。"艾米丽说。

"我经常和他争吵,"怀亚特上尉说,"不过我和所有人都常常争吵。"他又添了一句,"在这种地方,你想一个人待着,就只能用行动教会他们。他们总是来敲你家的门,进来找你聊天。要是我兴致好,是不介意见到人的;但必须是我有兴致的时候,而不是他们有兴致的时候。特里威廉给我一种他是此地的领主的感觉,他想什么时候过来就过来,这很不好。现在这地方没人会随便接近我了。"他满意地加了一句。

"哦!"艾米丽说道。

"最好是用土著仆人,"怀亚特上尉说,"他们懂得命令。阿卜杜尔!"他咆哮道。

一个包着头巾的高个子的印度人走出小屋,殷勤地候在一旁。

"进来吃点什么吧,"怀亚特上尉说,"来看看我的小房子。"

"对不起，"艾米丽说，"但我还有急事。"

"哦，不用，你不用去了。"怀亚特上尉说。

"不，我得去。"艾米丽说，"我有个约会。"

"现如今没人懂得生活的艺术了。"怀亚特上尉说，"赶火车啊，定约会啊，所有的事都要定个时间——全都是胡扯。要我说，太阳出来再起床，想什么时候吃饭就什么时候吃饭，不要把自己绑在时间或者约会上。要是人们肯听我的话，我会教他们怎么生活。"

这种得意扬扬的生活方式是没什么希望的，艾米丽想着。像怀亚特上尉这么迂腐的人，她之前还从未见过。不管怎样，他的好奇心也已经得到了充分的满足，她再次强调自己有约在身，然后离开了。

斯塔福特寓所的前门是结实的橡木制成，有精巧的拉铃，一张巨大的钢丝门垫，还有一个擦得锃亮的黄铜信箱。艾米丽不会认错，整个门廊都写满了舒适与得体。一位穿着整洁的普通客厅女侍应了门铃。

艾米丽推断那些记者已经先于她来过了，因为客厅女侍立刻冷漠地说道："威利特夫人今天早上不见客人。"

"我是来替佩斯豪斯小姐送信的。"艾米丽说。

这果然起了作用。客厅女侍的脸上现出了犹豫不决的神情，然后她态度一变。

"您请进来吧。"

艾米丽被领进了房产中介口中"设备齐全"的大厅，又从这里进入了一间大型起居室。炉火烧得正旺，房间里到处都是女性居住的痕迹。几只香槟杯，精心制作的针线袋，一顶女士帽子，一个长腿的小丑娃娃。她注意到房间里没有照片。

四处看过后,艾米丽来到炉火前暖手,这时候门被推开了,一个和她年纪差不多的女孩走了进来。这是个很漂亮的姑娘,艾米丽注意到,穿着名贵而得体。与此同时,艾米丽不得不承认,自己从未见过比眼前的人更加紧张不安的女孩。威利特小姐的轻松安逸不过是一张面具。

"早上好。"她走过来和艾米丽握手,"抱歉,我妈妈没有下来,她还在睡。"

"哦,是我抱歉才对,恐怕我过来的时候不太巧。"

"没有,当然没有。厨师已经在写蛋糕的配方了。我们都很高兴佩斯豪斯小姐能用得上。你和她住在一起吗?"

艾米丽内心觉得好笑,这栋房子里的人可能是唯一不知道她是谁、为什么而来的。斯塔福特寓所有着很好的雇佣制度。那些被雇用的仆人可能知道她是谁,而显然主人是不知道的。

"我并不和她一起住。"艾米丽说,"事实上,我住在柯蒂斯夫人家里。"

"哦,当然啦,那间小屋实在是太小了,而且她的侄子罗尼还住在那里,是吧?我想那里的确没有足够的地方供你住。我觉得她是个很好的人,很有个性,但我其实有些怕她。"

"她是个爱欺负人的人,不是吗?"艾米丽愉快地肯定道,"做个欺负人的人是很有诱惑力的,尤其是人们不敢反抗你的时候。"

威利特小姐叹了口气。

"我希望我能勇敢面对别人,"她说,"我们整个早上都被记者缠着,过得糟糕极了。"

"哦,肯定的,"艾米丽说道,"这其实是特里威廉上尉的房子,是吧?就是那个在艾克汉普顿被杀害的人。"

她试着判断出维奥莱特·威利特紧张的原因。这个女孩很明显坐立不安。有什么事情让她感到害怕,而且是十分害怕。她提及了特里威廉上尉的名字。但是这个女孩并没有对此表现出明显的反应,她可能早就料到会被这样问了。

"是啊,这难道不是很可怕吗?"

"要是你不介意说的话,能跟我讲讲吗?"

"不,不——当然不介意,我为什么会介意呢?"

艾米丽想着:"这个女孩肯定有问题,她都不知道自己在说什么。今天早上发生了什么让她这么害怕呢?"

"就是关于那天晚上的桌灵转,"艾米丽继续说,"我偶然听说了这件事,听起来真有趣,我是说,非常恐怖。"

"一个追求惊险刺激的女孩子。"她心想,"这就是我的借口。"

"哦,太吓人了,"维奥莱特说,"我永远都不会忘记那天晚上。当然了,我们都觉得是什么人在开玩笑,只不过是个非常糟糕的玩笑。"

"是吗?"

"我永远都忘不了。开灯的时候,每个人看起来都怪怪的。除了杜克先生和伯纳比少校,他们是那种情绪不外露的人,永远都不会承认自己被这种事情吓到。但是你能看出来,伯纳比少校其实很不安。我想他其实比其他人更为动摇。我本来以为可怜的瑞克夫特先生会犯心脏病,但是他研究了很多灵异现象,所以对这种事肯定习惯了吧。而罗尼,罗尼·加菲尔德,你知道的,他看上去就像见了鬼一样,仿佛真的看到了什么。甚至我妈妈都很心烦意乱,我之前从未见她这样过。"

"这太不可思议了,"艾米丽说,"真希望我当时能在场。"

"真是太可怕了。我们都假装那只是……一个玩笑，你知道的，但似乎并不是这样。然后伯纳比少校突然下定决心要去艾克汉普顿，我们都劝他不要去，说他会被埋到雪堆里的，但是他坚持要去。他离开之后，我们坐了下来，又担心又害怕。然后，昨天晚上，不，昨天早上，我们就听到了那个噩耗。"

"你觉得那是特里威廉上尉的灵魂吗？"艾米丽着迷地说，"或者是心灵感应之类的？"

"哦，我不知道。但是我永远、永远都不敢再笑话这种事了。"

客厅女侍手中拿着一个托盘进来，上面放着一张叠好的纸，交给了维奥莱特。

客厅女侍退出去，维奥莱特把纸展开来，瞥了一眼，然后递给了艾米丽。

"给你。"她说，"事实上，你来得正是时候。凶杀案让仆人们感到不安，觉得住在这么偏远的地方很危险。我妈妈昨天晚上还发了脾气，让她们都打包离开。她们午餐过后就走。我们要雇两个男仆回来。一个做日常事务，一个做管家司机。我想这样会更好一些。"

"女仆们可真傻，不是吗？"艾米丽说道。

"而且，特里威廉上尉也不是在这间屋子里被杀的呀。"

"你为什么会住在这里呢？"艾米丽问道，试图让这个问题听上去天真朴实，就像小女孩自然而然问出来的那样。

"哦，我们觉得这里很有趣。"维奥莱特说。

"你难道不觉得这里很单调枯燥吗？"

"哦，不会的，我很喜欢乡下。"

但是她避开了艾米丽的目光。有那么一瞬间，她看上去多疑而恐惧。

维奥莱特心神不宁地在椅子上挪动着,艾米丽不太情愿地站起身来。

"我得走了。"她说,"非常感谢你,威利特小姐,希望你的母亲也一切安好。"

"哦,她挺好的。就是仆人的这些事,还有其他的烦心事……"

"是啊。"

趁着无人注意,艾米丽熟练地把手套丢在了小桌子上。维奥莱特·威利特陪着她走到了前门,相互寒暄了一番之后就道别了。

之前来开门的客厅女侍打开了门锁,当维奥莱特·威利特在她身后关门的时候,艾米丽也没有捕捉到钥匙拧动的声音。所以她走到栅栏处后,又慢慢折回去了。

这次拜访坚定了她对于斯塔福特寓所的看法。这里确实有古怪。她并不觉得维奥莱特·威利特和谋杀有直接的关联,除非她是一个非常聪明的演员。但确实有哪儿不对劲,而且肯定和那场悲剧有关。威利特母女和特里威廉上尉之间一定有联系,而且这个关联可能会成为解开整个谜团的关键。

她走到大门前,非常轻柔地扭动了把手,跨过门槛。大厅里很冷清。艾米丽停住了,不确定接下来要做什么。她是有借口的——手套被她故意丢在了起居室里。她站在那里一动不动地听着声音。除了从楼上传来的微弱的讲话声外,一切都很安静。艾米丽尽可能蹑手蹑脚地走到楼梯脚下向上看去,然后她小心翼翼地、一步一个台阶地上楼。这是非常冒险的。她总不能说手套自己跑到二楼去了,但她十分想偷听楼上的对话。在艾米丽看来,现代建筑商从来都不会把门建得严丝合缝。如果在楼下可以听到低声细语,那么到门边的话,就能清楚地听到屋里的对话。再往上一步,再一步……是两个女人的声音,维奥莱特和她妈妈。

忽然之间,对话就停止了,接着是一阵脚步声。艾米丽急速退后。

当维奥莱特打开她妈妈的房门走下楼梯的时候,她惊讶地发现刚才的客人正站在大厅里像迷途的小狗一样四处窥探。

"我的手套。"她解释道,"我肯定是把它们丢在这儿了,所以回来找了。"

"应该是在这儿吧。"维奥莱特说。

她们走进起居室,很快就在艾米丽之前的座位旁发现了手套。

"哦,谢谢你。"艾米丽说道,"我真是太蠢了,总是丢三落四的。"

"这种天气你肯定需要手套,"维奥莱特说,"这么冷的天气。"她们又一次在大厅门口告别,这一次艾米丽听到了钥匙转动的声音。

她走下车道,脑子塞得满满的。楼上的门是开着的,她清楚地听到了年长女性那句烦躁不安的话。

"我的天哪,"那声音哭叫道,"我再也受不了了,今晚怎么还不来?"

## 第十九章 推测

艾米丽返回小屋的时候发现她的那位男性友人不在家。柯蒂斯夫人解释说他和几个年轻人出门去了,但是有两封给艾米丽的电报。艾米丽接过电报打开,看完就塞进了毛衣口袋里,柯蒂斯夫人的目光饥渴地跟随着那两封电报。

"希望不是什么坏消息吧?"柯蒂斯夫人说。

"哦,不是的。"艾米丽答道。

"电报总是让我胆战心惊。"柯蒂斯夫人说。

"我知道,"艾米丽回答,"非常烦扰。"

此时,她什么都不想做,只想独自待一会儿。她需要整理自己的想法。她上楼回到自己的房间,拿出铅笔和纸,开始整理思绪。二十分钟后,恩德比先生回来打断了她。

"喂,喂,喂,你在这儿啊。伦敦新闻界找了你整个上午,但就是没有找到。不过我已经告诉他们了,不用太为你担心。但凡涉及你的事情,我就是权威人士。"

他坐到椅子上咯咯地笑着,艾米丽坐在床上。

"当然了,他们也不会嫉妒我的'特权',"他说,"因为我会把情报交给他们。我认识当事的每一个人,我就身在其中。这简直顺利得难以置信。我一直在掐自己,觉得我马上就会从美梦中醒来。我说,你注意到起雾了吗?"

"起雾也阻拦不了我下午去埃克塞特。"艾米丽说。

"你要去埃克塞特?"

"是的,我要去见戴克斯先生。他是我的律师,也是吉姆的辩护人,说想和我聊聊。而且我觉得我应该顺便去见见吉姆的姨妈珍妮弗,毕竟,埃克塞特离这里只有半个小时的路程。"

"你的意思是她可能偷偷坐火车过来,狠狠砸了一下特里威廉的脑袋,然后还没有人发现她离开过。"

"哦,我知道这听起来不太可能,但调查总要面面俱到。这不意味着我希望是珍妮弗姨妈干的——我不希望。我更希望是那个马丁·德林干的。我讨厌那种人,他假装是你的姐夫,在公共场合让你难堪,你还不能扇他耳光。"

"他是那样的人吗?"

"就是那种人。他是凶手的最佳人选——常常收到博彩公司经纪人发来的电报,说他赌马输了。他有那么好的不在场证明真是让人恼火——戴克斯先生告诉我的。出版和写作晚宴听起来是有力的证明,而且也拿得出手。"

"写作晚宴,"恩德比说,"周五晚上。马丁·德林——让我想想——马丁·德林——哦,是的,我差不多能确定了。真见鬼,我非常确定这事儿,我只要给卡拉瑟斯拍封电报就好了。"

"你在说什么?"艾米丽问道。

"听着,你知道我是周五晚上到艾克汉普顿的吧?嗯,我当时想从一个伙计那里搞点消息,他叫卡拉瑟斯,是另外一家报纸的记者。他说如果可以的话,就六点半过来见我,就在他去那什么写作晚宴之前。卡拉瑟斯是个大人物,他说他要是来的话就会写信到艾克汉普顿告诉我。好吧,他确实没来,不过给我送了封信。"

"这些事到底有什么关系?"艾米丽说。

"耐心点,我就要说到重点了。这老家伙写信的时候醉醺醺的,肯定是在晚宴喝多了,他给了我想要的消息之后,又接着写了各种不相干的事。你知道的,那些演讲啊什么的,一位著名小说家和一位著名剧作家也在场。他说晚宴的座次安排十分糟糕,他一侧应该是畅销书女作家鲁比·麦克阿尔莫特,但是她没有到场;另一侧的空座位原本应该坐着性爱小说专家马丁·德林。最后卡拉瑟斯挪走了,挪去了一位诗人那里,是个在布莱克希思地区非常有名的诗人,他想趁机多了解了解。现在,你知道我想说的重点了吧?"

"查尔斯!亲爱的!"艾米丽非常兴奋,"太妙了。那个混蛋根本就不在晚宴上?"

"正是如此。"

"你确定你没记错?"

"我很确定。糟糕的是我已经撕了那封信,但是我可以再给卡拉瑟斯拍封电报。我肯定没记错。"

"当然了,还有那个出版商。"艾米丽说,"那个下午和他待在一起的出版商。但是我觉得,那个出版商可能本来就快回美国了,真是这样的话就很可疑。这样看起来就像是他专门挑了一个很难请来做证的人。"

"你真的认为我们猜中了吗?"查尔斯·恩德比问道。

"嗯,看起来是这样。我想现在最好的做法就是直接去找那位纳拉科特探长,告诉他这些新的事实。我是说,要是这个美国出版商搭乘了毛里塔尼亚号,或者贝伦加利亚号要去什么地方,我们可管不了,这是警察的工作。"

"要是能成功,那就是特别重大的独家新闻!"恩德比先生说,"要是能成功,《每日资讯》肯定会提供给我不少于——"

艾米丽无情地打断了他的美梦。

"但是我们绝不能丧失理智,"她说道,"把其他一切可能性都排除。所以我必须去一趟埃克塞特,明天才会回来,但是我给你找了个活儿干。"

"什么活儿?"

艾米丽描述了她拜访威利特家的情况,还有她离开前偷听到的那句话。

"我们绝对要查出今天晚上会发生什么事,有什么事要发生了。"

"真是太不寻常了!"

"对吧?但是当然了,也有可能只是巧合,或者不是……你注意到了吗?仆人们都要离开了,有人要把她们支走,今天晚上会发生什么怪事,而你要过去查明白。"

"你是说我整晚都得藏在花园的灌木丛里瑟瑟发抖吗?"

"你不介意的吧,对不对?记者为了事业会不顾一切。"

"谁告诉你的?"

"别管是谁跟我说的,我就是知道。你会去做的吧?"

"哦,那是。"查尔斯说,"我不会错过任何事的。要是今天晚上斯塔福特寓所发生了什么怪事,我肯定在场。"

然后艾米丽对他说了行李标签的事情。

"真奇怪,"恩德比先生说,"皮尔森家的小儿子在澳洲吧?最小的那个。当然了,这也可能什么都说明不了,但是还是……嗯,这两件事可能是有所关联的。"

"嗯,"艾米丽说,"就这些了,你还有什么要告诉我的吗?"

"嗯,"查尔斯说,"我有个新的想法。"

"什么?"

"只是我不知道你会不会喜欢这个想法。"

"'我会不会喜欢'是什么意思?"

"你不会突然发火的,对不对?"

"我想不会的,我希望能够理智而平静地看待事情。"

"好吧,是这样的,"查尔斯·恩德比还是怀疑地看着她,"我不是想冒犯你之类的,但是你觉得你未婚夫说的都是真的吗?"

"你是说,"艾米丽说,"他确实杀了人。要是你这么想也很正常。一开始我就对你说过,这是很自然的想法,但是我也说过,我们的工作是建立在他并没有这么做的基础上的。"

"我不是这个意思。"恩德比说,"我同意你的看法,先假设他没有杀人。我的意思是说,他所说的情况和真实发生的事件之间到底相差多少?他说他去过舅舅家里聊天,离开的时候舅舅还活得好好的。"

"是的。"

"好吧,我突然想到,你不觉得他可能到那儿就发现老人已经死了吗?我是说,他可能一时慌张,太害怕了,所以不想说出口。"

查尔斯迟疑地提出了他的理论,发现艾米丽并没有要对他发火的迹象之后松了一口气。相反,她眉头紧皱,沉思着什么。

"我不想假装什么,"她说道,"这确实有可能,我之前没有想到。我了解吉姆,他不会去谋杀任何人,但是他可能十分惊慌,然后就说了愚蠢的谎言。当然了,他必须一路撒谎到底。是的,这确实很有可能。"

"比较难办的是你不能去问他这件事。我是说他们不会让你单独见他的吧,是不是?"

"我可以让戴克斯律师去见他。"艾米丽说,"单独面见律师应该还是没问题的。最糟糕的是,吉姆是一个十分固执的人,有些事一旦他说出了口,就会坚持到底。"

"'这就是我的说法,我会坚持到底'。"恩德比先生会意地说道。

"是的。我很高兴你提出了这样一种可能性,查尔斯,我确实没有想到。我们一直在寻找吉姆离开之后进入那座房子里的人,但也可能是在他之前——"

她停住了,陷入了自己的思绪之中。这两种不同的设想会导致截然不同的结论。首先是瑞克夫特先生提出的理论,吉姆和他舅舅的争吵是触发案件的关键点。而在另一种理论里,吉姆则无足轻重。艾米丽觉得,首先要去见见那个做尸检的法医。如果特里威廉上尉是在下午四点左右被谋杀的,那么需要的不在场证明可就完全不同了。另外就是得让戴克斯律师尽力劝他的当事人一定要说实话。

她从床上下来。

"嗯,"她说,"你最好帮我想想怎么去艾克汉普顿。我记得铁匠家有一辆车,你能去帮我安排一下吗?我午饭后就立刻出发。有一趟三点十分去埃克塞特的火车,这样我就能先去见见那个法医了。现在几点了?"

"十二点半。"恩德比先生看着表说。

"接下来咱们一起去搞定车子的事情吧,"艾米丽说,"哦,对了,在我离开斯塔福特村之前还有一件事。"

"什么事情?"

"我要去拜会一下杜克先生。在斯塔福特我还没见过的人只剩下他了,而且他也参加了那次的桌灵转。"

"哦，我们去铁匠家的路上会经过他的小屋。"

杜克先生的小屋就在那一列的最后一间。艾米丽和查尔斯拉开门闩走上小路，然后一件令人惊讶的事情发生了。他家的房门开了，一个男人走了出来，而这人正是纳拉科特探长。

他看上去也很惊讶。艾米丽觉得，他甚至还有点尴尬。

艾米丽放弃了她原本的打算。

"我很高兴遇到你，纳拉科特探长。"她说，"如果可以的话，我有几件事想和你谈谈。"

"我很乐意，特里富西斯小姐。"他掏出一只手表，"恐怕你得快点说。有辆车正在等我，我得马上回艾克汉普顿。"

"我太幸运了。"艾米丽说，"你不介意载我一程吧，探长先生？"

探长木愣愣地说他很乐意这么做。

"你去帮我把行李箱取过来，查尔斯，"艾米丽说，"我已经收拾好了。"

查尔斯立刻就离开了。

"在这里遇到你真是意外，特里富西斯小姐。"纳拉科特探长说。

"我说过我们会再见面的。"艾米丽提醒他。

"那时候我没注意到。"

"很长时间内你都会见到我的。"艾米丽直率地说，"你知道的，纳拉科特探长，你犯了一个错误。吉姆不是你要找的杀人犯。"

"真的吗？"

"而且，"艾米丽说，"我相信你心底里也是这样想的。"

"你为什么会这么想呢，特里富西斯小姐？"

"你在杜克先生的小屋里做什么呢?"艾米丽反问道。

纳拉科特探长看起来有些不好意思,她很快抓住了这点。

"你在怀疑,探长先生,这就是你现在的想法,你在怀疑。你原本觉得抓到了人,但现在又不确定了,所以你又做了一些调查。好吧,我这里有一些东西也许能帮得上忙。我会在去艾克汉普顿的路上告诉你的。"

路的一侧传来脚步声,是罗尼·加菲尔德。他就像个逃课的孩子一样,满怀内疚,气喘吁吁。

"特里富西斯小姐,"他说,"下午我们去散散步怎么样?我姨妈睡着了。"

"不可能啦,"艾米丽说,"我要走了,去埃克塞特。"

"什么?不是吧!你的意思是你不回来啦?"

"哦,不是的,"艾米丽说,"我明天会回来的。"

"哦,那太好了。"

艾米丽从她毛衣的口袋中掏出什么来交给他:"把这个给你的姨妈,好吗?这是咖啡蛋糕的食谱,告诉她,她问得实在太及时了,厨师今天就要离开了,还有那些仆人也是。一定要告诉她,她会感兴趣的。"

微风中,一声从远处传来的尖叫喊道:"罗尼,罗尼,罗尼!"

"那是我姨妈。"罗尼开始紧张起来,"我得走了。"

"确实,"艾米丽说,"你左脸沾上了绿色的油漆。"她朝他喊道,罗尼·加菲尔德消失在了她姨妈的房门后。

"我朋友已经把行李箱拿来了,"艾米丽说,"走吧,探长先生,剩下的事情我在车里告诉你。"

## 第二十章 拜访珍妮弗姨妈

两点半的时候,沃伦医生接到了艾米丽的电话。他立刻就对这位有条不紊、极富效率的姑娘产生了好感。她的问题直指要点。

"是的,特里富西斯小姐,我非常清楚你的意思。你得明白,和通俗小说中说的完全相反,得出确切的死亡时间是非常困难的。我是八点钟见到尸体的。我可以肯定地说,特里威廉上尉当时已经死亡至少两个小时了。至于具体是死了多久,就很难确定了。如果你跟我说他是四点钟被害的,我会说这也是有可能的,尽管我个人更偏向是晚一点。另一方面,他的死亡时间不可能会更长了。四个半小时就是极限了。"

"谢谢,"艾米丽说,"这就是我想要了解的。"

她赶上了三点十分的火车,然后开车直接奔向了戴克斯律师下榻的旅店。

他们之间的会谈严肃而专业。戴克斯律师从艾米丽还是个孩子的时候就认识她了,并且在她长大成人后为她打理事务。

"你得做好心理准备,艾米丽。"他说,"吉姆·皮尔森的事情比我们想象得还要糟糕。"

"还要糟糕?"

"是的。我就不拐弯抹角了。警方查明了一些对他极为不利的情况,他们就是以此为依据控告他犯罪的。如果我不告诉你这些的话,就不能说是在代表你的利益了。"

"请告诉我吧。"艾米丽说。

她的声音十分沉着冷静。无论她的内心如何震惊,她都不会表现出来。这些情感并不能帮助吉姆·皮尔森,能帮助他的是智慧和理性。她必须守住这些智慧。

"毫无疑问,他急需用钱。眼下我先不提这件事涉及的伦理问题。很显然,皮尔森之前偶尔会借钱,委婉点说,从他的公司借钱,而公司并不知情。他喜欢炒股。不久之前,在知道股息会在一个星期内汇入他账户的情况下,他做出了预测,并用公司的钱买了几只他很确定会上涨的股票。交易十分圆满,钱被还回去了,而且皮尔森没有对交易诚信产生过任何怀疑。很显然,一个星期前他又这么做了,这次不可预料的事情发生了。公司都是在固定日期查账的,但是出于某些原因,这次查账的日期提前了,皮尔森陷入了一个非常糟糕的两难境地。他很清楚自己的行为,知道筹措不出他挪用的款数。他承认他已经尝试了各种方法,但是都失败了,最后的一条路就是冲到德文郡,向他的舅舅说明情况,请求他的帮助。特里威廉上尉拒绝了他。

"亲爱的艾米丽,我们不可能阻止这些事实被披露出来。警方已经发现了。你也能看出来吧?这就是吉姆不容忽视的、迫切的犯罪动机。一旦特里威廉上尉死亡,皮尔森就能轻易从柯克伍德先生那里获得必要的金钱,把他从两难境地,甚至是刑事检控中解救出来。"

"哦,这个傻瓜。"艾米丽无助地说。

"正是如此,"戴克斯律师干巴巴地说,"在我看来,我们唯一的机会是证明吉姆·皮尔森完全不知道他舅舅遗嘱的条款。"

艾米丽思考着，没有说话。然后她安静地说：

"这恐怕行不通。他们三个人都是知情的——西尔维娅、吉姆和布莱恩都知道。他们经常聊起这个，还总在一起开这位住在德文郡的有钱舅舅的玩笑。"

"天哪，天哪，"戴克斯律师说，"这可太不幸了。"

"你不认为人是他杀的吧，戴克斯先生？"艾米丽说。

"很奇怪，我不觉得。"律师回答道，"在某些方面，吉姆·皮尔森是一个最容易被看透的年轻人。如果你不介意的话，艾米丽，他在商业上的信誉并不高，但是我确实不相信他会是一个用沙袋袭击舅舅的人。"

"嗯，这很好。"艾米丽说，"希望警方也会这么想。"

"确实如此。我们的主观印象和想法没有实际用处，这桩案子对他不利的证据太多了。孩子，我不想假装一切都在掌控之中，前景非常不妙。我建议请洛里默·K.C.来做他的辩护律师。人们都叫他绝望拯救者。"他乐观地加了一句。

"有件事我想知道。"艾米丽说，"你已经见过吉姆了吧？"

"当然。"

"我想让你诚实地告诉我，你觉得他在其他方面有没有说实话？"她大致叙述了一下恩德比先生的推测。

律师在回答前仔细思索了一番。

"我感觉，"他说，"他对和舅舅见面的描述是真的。但他当时的确太紧张了，如果他绕道走到窗户边进屋，正好碰到了舅舅的尸体，可能会因为太过害怕而不敢承认事实，然后编造了另一个故事。"

"我就是这么想的，"艾米丽说，"戴克斯律师，你下次见到他的时候，请劝他说出真相。这对案件的影响很大。"

"我会这么做的。尽管如此,"他停了一下,说道,"我觉得事情不是这样的。特里威廉上尉去世的消息八点半才在艾克汉普顿传开。那个时候最后一趟开往埃克塞特的火车已经离开了,而吉姆·皮尔森是坐第二天上午第一趟火车离开的。如果他早就知道上尉死了,这样做就非常不明智。顺便一说,如果他选择更常规一点的时间坐火车的话,他的举动就不会那么引人注意了。如果事实像你说的那样,他在四点半之后的什么时间发现了舅舅的尸体,应该会直接离开艾克汉普顿的。六点过几分有一趟火车,七点四十五分也有另一趟火车,都可以从那里离开。"

"你说到重点了。"艾米丽承认道,"我没有想到。"

"我仔细地询问过他进入舅舅家时发生的事。"戴克斯律师继续说道,"他说特里威廉上尉让他脱掉靴子,放在门阶上。这就解释了为什么大厅里没有湿漉漉的印记。"

"他有没有提及听到什么声音,什么都好,让他觉得那房子里可能还有其他人在?"

"他没有提过,但我会问问他的。"

"谢谢,"艾米丽说,"我写个便条,你能带给他吗?"

"当然了,不过内容会被读出来。"

"哦,那得非常慎重才行。"

她绕到写字台前,快速地写了几句话。

亲爱的吉姆,一切都会好起来的,所以振作起来。我正埋头苦干找出真相。你可真傻,亲爱的。

爱你的
艾米丽

"给你。"她说道。

戴克斯先生读了一遍，什么都没说。

"我有注意不要写得太潦草，让监狱长能看懂内容。现在我得走了。"艾米丽说。

"我给你倒杯茶吧。"

"不，谢谢你了，戴克斯先生。我没有时间能浪费了。我要去见见吉姆的姨妈珍妮弗。"

她到达月桂树公寓之后，被告知加德纳夫人不在家，但是很快就能回来了。

艾米丽微笑着对客厅女侍说：

"那我进来等她吧。"

"你要见见戴维斯护士吗？"

说到见人，艾米丽任何时候都跃跃欲试。"好的。"她马上说道。

几分钟后，戴维斯护士拘谨而好奇地出现在她面前。

"你好，"艾米丽说，"我是艾米丽·特里富西斯，算是加德纳夫人的侄女吧。就是说，我即将成为她的侄女，但是我的未婚夫，吉姆·皮尔森被捕了，我想你是知道的。"

"哦，这太可怕了。"戴维斯护士说，"我们今天早上在报纸上都看到了。多么可怕的事件啊。你看上去应对得很好，特里富西斯小姐，你真的很坚强。"

护士的语调中有一丝不赞同。她可能是想说，医院的护士因为性格坚韧所以能受得了这种事情，但其他普通人就应该被击垮。

"嗯，人不能软了膝盖啊。"艾米丽说，"我希望你不会太介意。我是说，对你来说，与一个卷入谋杀事件的家庭有关联一定很尴尬。"

"当然，是很让人不舒服。"戴维斯护士的态度并没有因为这番话缓和下来，"但是我们的职责就是照顾病人。"

"真是太好了。"艾米丽说，"珍妮弗姨妈有个人可以依赖，真的是太棒了。"

"哦，是的，"护士皮笑肉不笑地说道，"你真是好心。说起来，我曾有过一次很古怪的经历。我上一个病人——"艾米丽耐心地听了很长时间的坊间八卦，包括复杂的离婚和亲子问题。圆滑地赞美了一番戴维斯护士之后，艾米丽谨慎而机智地把谈话主题又拖回了加德纳一家上。

"我完全不认识珍妮弗姨妈的丈夫。"她说，"从来没有见过他，他从来都不离开家里，是吧？"

"是啊，可怜的家伙。"

"他的情况到底怎么样？"

戴维斯护士开始以专家般的热情谈论这件事。

"所以，他随时有可能好起来。"艾米丽自言自语地低声说道。

"他一直都非常虚弱。"护士说。

"哦，当然了。但是这让人充满希望，不是吗？"

护士沮丧地摇了摇头，以专业口吻说：

"我不觉得他能被治好。"

艾米丽在她的小笔记本上抄下了珍妮弗姨妈不在场证明的时间表，她试探性地低声说：

"珍妮弗姨妈在看电影的时候哥哥被人杀害，真是太诡异了。"

"真让人悲伤，是不是？"戴维斯护士说道，"当然了，她没多说什么，这给人的打击太大了。"

艾米丽在心里盘算着,怎样不直接问问题就能得到她想知道的信息。

"珍妮弗姨妈有过类似的预感吗?"她询问道,"我记得你说在大厅里看到她进来的时候,她看起来和平时不太一样?"

"哦,没有呀,"护士说,"我没说过。我直到晚上一起坐下来吃饭才见到她,她似乎就和平时一样。"

"那可能是我给搞混了。"艾米丽说。

"可能是别的亲戚,"戴维斯护士提议道,"我很晚才回来,觉得离开了自己的病人这么久很不好意思,但他要我出门帮他买些东西。"

她突然看了看手表。

"哦,糟糕。他让我给他拿个热水袋。我得赶紧去了,抱歉,特里富西斯小姐。"

艾米丽和她道别后,走到火炉边按下了铃。

衣衫不整的女仆慌张地走进来。

"你叫什么名字?"艾米丽问道。

"碧翠丝,小姐。"

"哦,碧翠丝,我可能不能在这里等加德纳夫人了。我想问问她周五的时候都买了什么东西。她回来的时候有带着大包裹吗?"

"没有,小姐,我没看见她进屋。"

"我记得你说过她是六点钟回来的。"

"是的,小姐,的确是。我没有见到她进屋,但是我七点钟拿热水进房间的时候吓了一跳,她就关着灯躺在床上。'啊,夫人,'我跟她说话,'您吓了我一跳。''我回来已经很长时间了,六点钟回来的。'她是这么说的。我没有见到什么大包裹。"碧翠丝很努力地想要帮忙。

"这真是太难了,"艾米丽想着,"我得虚构出那么多事情来,我已经虚构了预感和大包裹。但要让听者不起疑心,就得这么干。"她甜甜地笑着说道:

"好的,碧翠丝,没关系的。"

碧翠丝离开了房间。艾米丽从手提袋里拿出一张小小的当地火车时刻表查询起来。

"三点十分驶出埃克塞特圣大卫车站,"她低声道,"三点四十二分到达艾克汉普顿。时间上是可能去她哥哥家杀人的——听起来挺残忍和冷血的,而且很扯——半个小时到四十五分钟的时间。火车什么时候返程呢?有一趟是四点二十五分的,戴克斯律师提到还有一趟是六点十分的,到达的时间是六点三十七分。是的,实际上哪趟都有可能。真可惜护士没什么嫌疑。她下午出去了,没人知道她去了哪里。当然,我不是真的认为这个屋子里有人杀了特里威廉上尉,但知道他们的确有这么做的可能性,还是令人感到宽慰。啊,前门那里有什么人在。"

大厅里有人在低声说话,门开了,珍妮弗·加德纳走进了屋子。

"我是艾米丽·特里富西斯。"艾米丽说道,"你知道的,就是吉姆·皮尔森的未婚妻。"

"你就是艾米丽。"加德纳夫人握着手,"啊,真是没有想到。"

突然之间艾米丽感到了弱小,就像是一个小女孩在做什么傻事一样。珍妮弗姨妈是一个不同寻常的人,非常有个性,比两三个人加起来还要强势。

"你喝茶了吗,亲爱的?没有?那我们一块儿喝茶吧。等一下,我得先上楼去看看罗伯特的情况。"

当她提及丈夫的名字的时候,一瞬间脸上的表情有些奇怪。强硬而优美的声音变得柔和起来,就像是一束光照在了水面幽暗的涟漪上。

"她崇拜他。"艾米丽独自一人留在起居室中想着,"尽管如此,珍妮弗姨妈身上有一种令人害怕的东西,我想知道罗伯特姨夫是否喜欢被人这样崇拜。"

珍妮弗·加德纳回来的时候摘掉了帽子,艾米丽很欣赏她从前额向后梳拢的光滑头发。

"你想谈谈吗,艾米丽?如果你不想谈的话,我也非常理解。"

"谈这些也没什么用处,不是吗?"

"我们只能希望,"加德纳夫人说,"他们能尽快找到真凶。按一下铃,好吗,艾米丽?我让人把护士的茶送给她。我不想让她下来聊天,我真的不喜欢医院的护士。"

"她不称职吗?"

"我想她是的。总之,罗伯特觉得她是个好护士。我一直都很讨厌她,但是罗伯特说她无疑是我们雇用的最好的护士。"

"她长得很不错。"艾米丽说。

"胡说,就那双难看壮实的手?"

艾米丽看着姨妈修长白皙的手指向牛奶壶和方糖夹子伸去。

碧翠丝走进来,端来了茶和一盘零食,然后离开了房间。

"罗伯特被这些事情弄得心烦意乱,"加德纳夫人说,"又进入了稀奇古怪的状态里,我想这都是他病症的一部分吧。"

"他不太熟悉特里威廉上尉吧,是吗?"

珍妮弗·加德纳摇摇头。

"他既不认识,也不关心。说实话,听到他过世的消息我也没有很悲痛。他是个残酷又贪婪的人,艾米丽。他知道我们的困境,我们的贫穷。他知道只要适时借给我们一笔钱,用来给罗伯特做特殊治疗,会带来很大的改变。好吧,这也算是落到他头上的报应了。"

她以一种低沉而压抑的声音说道。

"多么奇怪的一个女人啊。"艾米丽想道,"美丽却又可怕,就像希腊戏剧里的人一样。"

"可能还不算太晚,"加德纳夫人说,"我今天已经写信给艾克汉普顿的律师,问他们我是否可以预支一定数量的钱出来。我说的特殊治疗其实是一种偏方,但是有很多成功的案例。艾米丽,要是罗伯特能再次行走的话该多好啊。"

她的脸熠熠生辉,如同被灯照亮了一般。

艾米丽累了。她度过了漫长的一天,几乎没吃什么东西,被压抑在心里的情感搞得十分疲惫,整个房间都好像晃动了起来。

"你感觉还好吗,亲爱的?"

"没事的。"艾米丽喘了一口气,让她惊讶的是,恼怒和屈辱化作泪水滚滚而下。

加德纳夫人并没有试图站起来安慰她,这让艾米丽很感激。她只是静静地坐着,直到艾米丽的泪水止住。她深思着低声说道:

"可怜的孩子。吉姆·皮尔森被捕真是太不幸了,非常不幸,我真希望能够做点什么。"

## 第二十一章 谈话

独自一人做事的查尔斯·恩德比没有松懈下来。为了熟悉斯塔福特村的情况，他只有尽可能地依靠柯蒂斯夫人。他被柯蒂斯夫人成堆的逸闻趣事、往日回忆、传闻谣言搞得有些晕头转向，竭力从猜测臆断和细枝末节中找到他需要的东西。然后他提到另一个名字，就立刻将这股信息的洪流引向了另一个方向。他听到了关于怀亚特上尉的各种事情：他的坏脾气，他的粗鲁，他和邻居之间的争吵，他偶尔令人惊讶的和蔼可亲（通常是在面对年轻女性的时候才会有）。他的印度仆人，他特殊的吃饭时间和严谨的饮食习惯。恩德比还听说了瑞克夫特先生的书房，他的护发素，他对整洁和守时的严格坚持，他对别人生活过分的好奇心，他最近出售了几件旧物，他对鸟类莫名的喜爱，还有说威利特夫人在向他献殷勤的传闻。恩德比听说了佩斯豪斯小姐嘴巴的厉害，还有她是如何欺负侄子的，以及她侄子在伦敦放荡的生活。他又一次听说了伯纳比少校和特里威廉上尉之间的友谊，他们之间的旧事，他们热衷于下棋。恩德比听说了威利特一家的各种事情，包括维奥莱特·威利特小姐只是在哄骗罗尼·加菲尔德先生，并非真的想和他在一起。据说有人目击她神秘兮兮地和一个年轻男人在荒原散步。柯蒂斯夫人猜，她们正是因为这件事，才会住到这个与世隔绝的地方来。她的母亲带走她，是为了远离过去，步上正轨。但是"姑娘们远比那些夫人想象的要狡猾得多"。至于杜克先生，说来奇怪，从来没有什么传闻。他刚刚搬来不久，似乎就是一个人做做园艺。

下午三点半了，他的脑袋被柯蒂斯夫人搞得晕乎乎的。恩德比先生打算出去透透气。他想要更进一步结交佩斯豪斯小姐的侄子，所以小心翼翼地侦查了佩斯豪斯小姐家周围，却徒劳无功。不过他很幸运地发现罗尼正哭丧着脸从斯塔福特寓所中走出来，看上去就像是碰了一鼻子灰。

"你好，"查尔斯说，"我说，那不是特里威廉上尉的房子吗？"

"是啊。"罗尼说。

"我本想今早来给报纸拍张照片，"他加了一句，"但这种天气根本不能拍照。"

罗尼毫不怀疑地接受了这个说辞，完全没有想到要是只能在艳阳天里拍摄，那能够出现在日报里的照片会少之又少。

"你的工作肯定非常有趣。"他说道。

"累得跟狗一样。"查尔斯坚信，人不该把对工作的热情显露在外。他看向斯塔福特寓所，说，"我可以想象，这是个沉闷的地方。"

"自从威利特一家搬进来之后有了很大的改变。"罗尼说，"我去年这时候也在这儿，真是完全变了样子，我不知道她们到底都做了什么。挪动了一下家具，也许，弄了些靠垫之类的。我可以告诉你，她们能到这儿来，简直是上天赐福。"

"通常来说，这儿不能算是个很舒适的地方。"查尔斯说。

"舒适？要我在这里住两个星期我会死的。姨妈的那种生活方式，我真的受不了。你还没有看见她的那些猫，是吧？我今天早上要给其中一只梳毛,你看那只畜生把我挠成了什么样。"他伸出了一只胳膊及手掌给查尔斯看。

"真是倒霉呀。"查尔斯说道。

"是啊。说起来,你是在做调查吗?要是这样,我能帮忙吗?你当歇洛克,我当华生之类的?"

"你有什么关于斯塔福特寓所的线索吗?"查尔斯随意地询问道,"我是说,特里威廉上尉有没有留下什么东西在这儿?"

"我觉得没有。我姨妈说他一股脑地全都搬走了。大象腿、河马牙钩子,还有运动步枪什么的,全带走了。"

"就好像他再也不回来了似的。"查尔斯说。

"我说——这个想法不错,嘿,这不会是自杀吧?"

"要是他能用沙袋准确地击中自己的后脑,那他就是自杀界的艺术家了。"查尔斯说。

"是的,我想也是。但这样一看,的确让人感觉他好像预先知道自己要死了一样,"罗尼的表情活跃起来,"听我说,这个想法怎么样?有敌人在追他,他知道他们要来了,所以他就收拾东西跑路,然后把烂摊子丢给威利特一家。"

"威利特这家人本身就令人惊奇。"查尔斯说。

"是啊,我是一头雾水。想想吧,什么样的人才会跑来这样一个乡下?维奥莱特似乎并不介意,实际上,她说她喜欢这里。我不知道她今天是怎么了,可能是家庭问题吧。我不能理解为什么女人会为仆人的问题烦心。要是他们态度不好,撵走就是了。"

"她们就是这么做的,不是吗?"查尔斯说。

"是的,我知道。但是她们对此非常烦恼。母亲都已经歇斯底里地尖叫着躺下了,女儿像乌龟一样突然咬上来。刚才简直就是把我推出来的。"

"有警察来过了吧?"

罗尼瞪大了眼睛。

"警察?没有,警察为什么要来?"

"嗯,我不知道。我今天早上在村子里见到纳拉科特探长了。"

罗尼咔嗒一声掉了手杖,然后弯腰捡了起来。

"你说今早谁在村子里?纳拉科特探长吗?"

"是的。"

"他是……是负责特里威廉上尉案子的那个警察吗?"

"是的。"

"他在斯塔福特村做什么?你在哪里看见他的?"

"哦,我觉得他只是在四处打听而已,"查尔斯说,"查查特里威廉上尉生前的生活。"

"你觉得就只是这样吗?"

"我觉得是。"

"他没觉得斯塔福特的什么人跟案子有关吗?"

"这不太可能,是吧?"

"哦,真可怕。但是你知道警察,总是走到岔路上去。起码那些侦探小说里都是这么写的。"

"我倒觉得他们都很聪明。"查尔斯说,"当然了,新闻界帮了他们很多。"他加了一句,"如果你仔细读过他们办的案子,就能看到他们是如何在没有线索的情况下一步一步逼近真凶的,真的很让人钦佩。"

"哦,好吧……很高兴知道这事。他们很快就抓住了皮尔森,这个案子已经水落石出了。"

"没错。"查尔斯说,"幸亏被抓的不是我们,不是吗?好吧,我必须要去发几封电报了。这个地方的人似乎不太使用电报。要是你发了价值超过半克朗的电报,他们就会觉得你是个从疯人院逃出来的疯子。"

查尔斯发了电报,买了一包香烟,几块廉价糖球,还有两本很旧的平装小说。然后他返回了小屋,躺在自己的床上安静地睡了过去,幸好他不知道人们都在讨论他和她的事情,尤其是关于艾米丽·特里富西斯小姐。

可以这样说,此刻的斯塔福特只有三个谈话的主题。一个是凶杀案,一个是逃犯,另一个就是艾米丽·特里富西斯小姐和她的表哥。在某一时刻,四场不同的谈话中,她都是主题。

第一场谈话是在斯塔福特寓所,因为仆人都走了,维奥莱特·威利特和她的母亲刚刚自己洗完茶具。

"是柯蒂斯夫人告诉我的。"维奥莱特说。

她看上去依旧脸色灰白。

"那个女人还是那么爱嚼舌根。"她妈妈说道。

"是啊。那个女孩好像和她的一个表哥还是什么的住在那儿。她今早确实提到了她住在柯蒂斯夫人那里,我原本以为这样安排只是因为佩斯豪斯小姐那里没有地方给她住。但是她似乎直到今天早上才见到佩斯豪斯小姐。"

"我极其讨厌那个女人。"威利特夫人说道。

"你是说柯蒂斯夫人?"

"不,不,我是说那个叫佩斯豪斯的女人。那种女人很危险,她们活着就是为了探究他人的生活。派那个女孩到这儿来要咖啡蛋糕的食谱!我真想给她一块有毒的蛋糕。这样就能让她永远不再妨碍别人了。"

"我想我应该早就意识到——"维奥莱特说着,但是妈妈打断了她。

"你怎么可能意识到,亲爱的!不管怎样,没出什么纰漏吧?"

"你觉得她为什么要到这儿来呢?"

"我不认为她心中有什么特定的目标。她只是过来打探一下。柯蒂斯夫人确定她是吉姆·皮尔森的未婚妻?"

"那女孩是这么跟瑞克夫特先生说的。柯蒂斯夫人说她最开始就怀疑这一点了。"

"嗯,那就自然多了。她只是漫无目的地寻找能帮助她的东西罢了。"

"你没有见到她,妈妈,"维奥莱特说,"她不是没有目标。"

"我希望当时能见见她。"威利特夫人说,"但是昨天那个探长询问完之后,我今天早上的神经实在是太脆弱了。"

"你做得很棒了,妈妈。要是我没有这么傻,没有晕倒。哦!我真是惭愧,自露马脚。你那么平静镇定,面不改色。"

"我是经过严格训练的,"威利特夫人的声音干硬,"你要是经历过我所经历的事情——算了,我希望你永远不要经历,我的孩子。我相信你能够得到幸福平静的生活。"

维奥莱特摇了摇头。

"我恐怕——恐怕——"

"别胡说。至于你昨天昏倒的事情,不会露出马脚的。别担心。"

"但是那个警察——他肯定会觉得——"

"是提到吉姆·皮尔森让你晕倒的吗?是的,他会这么想的。他不是个傻瓜,那个纳拉科特探长。但是他能做什么呢?他怀疑这其中有什么关联,就要去顺藤摸瓜,但是他不会找到的。"

"你觉得他做不到吗?"

"当然做不到了！他怎么做到？相信我，亲爱的维奥莱特。他肯定办不到。在某种程度上，你昏倒是件幸运的事呢。我们就这么想吧。"

第二场谈话是在伯纳比少校的小屋内。这是一次单方面的谈话，说话的人是柯蒂斯夫人，她是来收走伯纳比少校要洗的衣服的，已经准备告辞半个小时了，但是人还没走。

"我今天早上跟柯蒂斯先生说，她就像是我婶祖母莎拉家的贝琳达一样，"柯蒂斯夫人得意扬扬地说，"是个心机深沉的人，能够把所有男人都玩弄于股掌之上。"

伯纳比少校大声咕哝了一句。

"和一个男人订了婚，却又和另一个人保持暧昧。"柯蒂斯夫人说，"就和贝琳达一样。这可不是说着玩的，你要注意。这可不只是轻浮，她非常有心机，转眼间又缠上了年轻的加菲尔德先生。我从来没见过一个年轻男人像他今天早上那样温顺，像只绵羊一样，这太显而易见了。"

她停下来喘了一口气。

"好的，好的，"伯纳比少校说，"别在我这儿耽误时间了，柯蒂斯夫人。"

"确实，柯蒂斯先生要喝茶了。"柯蒂斯夫人没有要走的迹象，继续说道，"我可不是那种一直站着不动聊八卦的人。去干你的活儿吧。说到工作，还是好好地清理一次屋子吧，先生。"

"不！"伯纳比少校大声说道。

"距离上次打扫已经一个月了。"

"不。我想知道能在哪里拿到我的东西。清理过后，所有东西都变地方了。"

柯蒂斯夫人叹了口气，她是个很有热情的清洁员。

"怀亚特上尉应该做一次大扫除。"她说道,"上尉那个肮脏的仆人——我真好奇,他知道怎么做扫除吗?讨厌的黑家伙。"

"没有人能比印度仆从更好了,"伯纳比少校说,"他们会干活儿,而且不乱说话。"

最后一句话里的暗示没能在柯蒂斯夫人身上起到作用。她的思绪又回到了之前的话题上。

"她收到了两封电报,半个小时前收到的,吓了我一大跳。但是她读得倒是很冷静。然后她告诉我她要去埃克塞特,直到明天才会回来。"

"她带着那个年轻人一起去了吗?"少校心怀一线希望地问道。

"不,他还在这儿。一个说话挺舒服的年轻人,他俩可以凑成不错的一对儿。"

伯纳比少校哼了一声。

"好了,"柯蒂斯夫人说,"我要走了。"

少校几乎都不敢呼吸,怕她注意力被分散之后又不走了。但是这次柯蒂斯夫人说到做到,门在她身后关上了。

少校松了一口气,拿出烟斗来,开始阅读一份矿产计划书,措辞十分乐观,乐观到除了寡妇和退役士兵之外,所有人都会起疑心。

"百分之十二。"伯纳比少校,"听起来很不错……"

第三场谈话是在隔壁,怀亚特上尉正在对瑞克夫特先生侃侃而谈。

"像你这样的家伙,"他说,"完全不了解世界。你从来没有真正生活过,没有过过苦日子。"

瑞克夫特先生什么都没说。在怀亚特上尉面前很难不说错话，通常比较安全的做法就是什么都不回答。

上尉靠着病人用椅的一边。

"那个婊子哪儿去了？那个漂亮姑娘。"他加了一句。

他脑子里会产生这种联想是很自然的。但是瑞克夫特先生却很少有这种想法，他用震惊的表情看着对方。

"她在这儿做什么？我想知道。"怀亚特上尉命令道，"阿卜杜尔！"

"阁下？"

"布莉哪儿去了？它又跑出去了吗？"

"它在厨房里，阁下。"

"好吧，别喂它。"他说完又重新陷进椅子里，开始继续说，"她想得到什么？来这样的地方，她要和谁聊天？你们这些老家伙会让她感到无聊的。我今天早上跟她说了话。她肯定会惊讶在这种地方还能找到像我这样的男人。"

他理了理自己的胡子。

"她是詹姆斯·皮尔森的未婚妻，"瑞克夫特先生说，"你知道的，就是那个因为涉嫌杀害特里威廉被捕的人。"

怀亚特刚刚举到嘴边的威士忌玻璃杯掉到了地板上。他立刻朝阿卜杜尔咆哮起来，诅咒他没有在挨着他椅子的适当角度安置一张桌子。然后他又继续谈话。

"原来如此。一个小职员配不上她，那姑娘需要一个真正的男人。"

"皮尔森先生长得很不错。"瑞克夫特先生说。

"长得不错，长得不错，一个姑娘可不需要理发店里的模型。那种每天在办公室里上班的年轻人懂得什么是生活？他对现实生活又有什么经验？"

"可能这次被当成谋杀犯的体验对他来说就足够支撑一阵子了。"瑞克夫特先生干巴巴地说。

"警察确定是他干的,嗯?"

"若非相当肯定,警察是不会逮捕他的。"

"乡巴佬。"怀亚特上尉轻蔑地说道。

"那可未必,"瑞克夫特先生说,"在我看来,纳拉科特探长是个有效率、有能力的人。"

"你今天早上在哪里见到他的?"

"他到我家来拜访我。"

"他没有来拜访我。"怀亚特上尉很受伤地说。

"嗯,毕竟你不是特里威廉的好友之类的。"

"我不知道你到底是什么意思。特里威廉是个一毛不拔的吝啬鬼,我当着他的面也会这么说。他可不敢指挥我,我才不像这里的其他人那样对他卑躬屈膝。总是顺便拜访,顺便拜访,太多顺便拜访了!我一个星期、一个月或者一年见不见人,那是我自己的事!"

"你已经有一个星期没有见过谁了吧,不是吗?"瑞克夫特先生说。

"对,而且我为什么要见人?"易怒的残障老兵敲着桌子。瑞克夫特先生意识到,他又像平时一样说错话了,"我他妈的为什么要见人?告诉我为什么?"

瑞克夫特先生谨慎地保持了沉默,上尉的暴怒平息下来。

"无论如何,"他咆哮道,"要是警察想了解特里威廉,他们就应该来找我。我周游世界,有判断力。我可以判断出一个人的价值。找那些颤颤巍巍的老家伙和老太太能知道什么?他们需要的是一个真正的男人的判断。"

他又敲了桌子。

"好吧,"瑞克夫特先生说,"我想他们认为他们知道自己在找什么。"

"他们肯定询问过我的事情,"怀亚特上尉说,"他们应该这么做。"

"嗯,我不太记得了。"瑞克夫特先生谨慎地说。

"你怎么不记得了?你还没到老糊涂的年纪吧?"

"我想我是,呃,心烦意乱。"瑞克夫特先生镇定地说。

"心烦意乱,你心烦意乱?你怕警察?我可不怕。让他们来我这儿,我展示给他们看看。你知道几天前的晚上我还射杀了一百码外的一只猫吗?"

"你杀了?"瑞克夫特先生说。

上尉用左轮手枪射杀真实或想象中的猫,这让他的邻居们感到很头疼。

"好吧,我累了,"怀亚特上尉突然说,"你走之前再喝一杯吧?"

瑞克夫特先生正确地理解了这个暗示,站起身来。怀亚特上尉依旧怂恿他喝上一杯。

"要是你能多喝点,就会比现在强多了。一个不会喝酒的男人,根本算不上真正的男人。"

但是瑞克夫特先生还是回绝了,他已经喝了一杯比平常浓度高得多的威士忌苏打水。

"你想喝什么茶?"怀亚特问,"我不了解茶。我让阿卜杜尔弄了点茶回来。我想那个姑娘可能会哪天过来喝茶。漂亮妞儿,我得为她做点什么。在这种地方没人谈天,她肯定无聊得要死。"

"有个年轻人跟在她身边。"瑞克夫特先生说。

"现在的年轻人让我恶心。"怀亚特上尉说道,"他们有什么好的?"

这个问题很难回答,瑞克夫特先生没有说话就离开了。

牛头梗跟着他走到门口,让他十分警觉。

第四场谈话是在佩斯豪斯小姐的家里,她正和她的侄子罗纳德说话。

"要是你总围着不想要你的姑娘打转,那是你的事情,罗纳德。"她说道,"你还是跟紧威利特家的那个姑娘吧。那样你可能还有点机会,尽管我觉得那是徒劳的事。"

"可是——"罗尼申辩道。

"我要说的另一件事,就是如果有警察出现在斯塔福特,你应该通知我。谁知道呢,也许我能提供有价值的信息。"

"直到他走了我才知道警察来过。"

"这可真像你办的事,罗尼。果不其然啊。"

"对不起,卡洛琳姨妈。"

"你在花园里给家具刷漆,没必要给自己的脸也刷上。这不会让你变得更好看,而且还浪费油漆。"

"对不起,卡洛琳姨妈。"

"现在,"佩斯豪斯小姐闭上了眼睛,"别跟我再争辩了,我累了。"

罗尼换着腿休息,看起来很不舒服。

"怎么了?"佩斯豪斯小姐敏锐地说。

"哦!没什么,只是——"

"什么?"

"嗯,我想问问您是否介意我明天去一趟埃克塞特。"

"为什么?"

"嗯，我想去那儿见一个朋友。"

"什么样的朋友？"

"哦！只是个朋友而已。"

"你应该撒个更高明的谎。"佩斯豪斯小姐说。

"哦！我是说——但是——"

"不要道歉。"

"可以吗？我可以去吗？"

"我不知道你说这话是什么意思，'我可以去吗？'就好像你是个小孩似的。你已经二十一岁了。"

"是的，但我的意思是，我不想——"

佩斯豪斯小姐又闭上了眼睛。

"我已经告诉你，不要再和我争辩了。我累了，想要休息。我只想告诉你，要是那个你去埃克塞特见的'朋友'穿裙子，名叫艾米丽·特里富西斯，你就更蠢了。"

"但是，听我说——"

"我累了，罗纳德，够了。"

## 第二十二章 查尔斯的夜间冒险

查尔斯并没有对这次夜间监视抱太大期望,这有可能只是一场徒劳。在他看来,艾米丽的想象力太丰富了。

他觉得她是偶然听到了一些话,然后把自己的臆想强加到了那句话上。也许威利特夫人只是太累了,所以才盼望晚上快点到来。

查尔斯看向窗外,打了个哆嗦。这是个凛冽寒冷的夜晚,阴冷潮湿,大雾弥漫——最不适合在外面闲逛,等待什么事情发生的夜晚。

他没敢屈服于待在舒适屋内的本能。他清楚地回忆起了艾米丽悦耳的声音:"有个人能依靠真是太好了。"

她是依赖他的,查尔斯,不能让她的期望落空。什么?让那个漂亮、无助的姑娘失望?绝不可能。

他穿上多余的衬衣,套上两件罩衫,再穿上大衣。如果艾米丽回来发现他并没有遵守诺言,那就太糟糕了。

她可能会说出什么非常令人不快的话来。不,他不想冒这个险。至于到底会发生什么事——

说到底,"那件事"会在什么时候、怎么发生呢?他又不可能同时出现在多个地点。最有可能的地点是斯塔福特寓所内,而他无从得知里面的情况。

"姑娘就是这样的,"他自己发着牢骚,"自己轻轻松松地跑到埃克塞特去,把苦差事都交给我来做。"

然后他又一次想起了艾米丽那清澈的声音,说她是依赖他的,他对自己刚才的抱怨感到羞愧。

他上了厕所,像叮当弟①一样偷偷摸摸地离开了小屋。

夜晚的寒冷和不适比他想象中的更甚。艾米丽真的意识到他要为她经历什么了吗?他希望她是知道的。

他的手轻轻地伸进口袋里,轻轻触着一个藏起来密封好的酒瓶。

"男孩的好朋友。"他低声说道,"这样的夜晚当然少不了。"

他采取了适当的措施,悄悄潜入了斯塔福特寓所的庭院。威利特家没有狗,所以不用担心会有犬吠。园丁住的小屋亮着灯,说明有人在里边。斯塔福特寓所本身漆黑一片,除了二楼亮着的一扇窗。

"那两个女人独自住在这栋房子里。"查尔斯想,"我不用担心我自己。不过真是有点毛骨悚然!"

他想着艾米丽偷听到的那句话:"今晚怎么还不来?"到底是什么意思呢?

他想着:"她们是不是要搬走?好吧,不管发生什么事,我都会留在这儿,亲眼看着。"

他小心保持着距离,绕着房子转了一圈。因为浓雾弥漫,他不必担心会被人看到。一切似乎都跟往常一样。他谨慎地检查了外屋,发现都已经被上了锁。

"我希望有什么事发生。"几小时过去后,查尔斯这么说道,

---

①叮当弟(Tweedledee)是英国童谣和刘易斯·卡罗尔《爱丽丝镜中奇遇》中的人物,呆萌双胞胎之一。

他从酒瓶里谨慎地抿了一小口,"我还从没遇到过这么冷的情况呢。'老爸,大战的时候你在干什么?'① 不可能比这更糟了。"

他瞥了一眼手表,很惊讶地发现此时才十一点四十分。他原本确信现在已经快黎明了。

一声意外的声音让他兴奋地竖起耳朵。这是一声很轻的拉开窗栓插头的声音,而且是从房子的方向传来的。查尔斯悄悄越过灌木丛跑过去。是的,他想的是对的,一扇小门缓缓地打开了,一个黑漆漆的影子站在门槛处,焦急地凝望着夜色。

"威利特夫人或威利特小姐。"查尔斯想着,"我想,是漂亮的维奥莱特。"

等了几分钟,这身影离开了小路,无声无息地关上了身后的门,开始走向房子反方向的前车道。小路通向斯塔福特寓所后面,经过一片树林,通向广袤的荒野。

查尔斯藏身的灌木丛就在小路的旁边,近到查尔斯在那个女人路过时可以将她认出来。他又猜对了,是维奥莱特·威利特。她穿着长长的黑色外套,头上戴着贝雷帽。

她走在前,查尔斯尽可能安静地跟在后面。他不怕被看到,但有可能被听到。他不想吓到这姑娘。因为他在这方面十分小心,所以姑娘远远地把他抛在了后面。有那么一瞬间,他担心自己会不会跟丢了,但是当他心急火燎地转过树林,却发现她就站在他前面不远的地方。有一道绕着庄园的矮墙,维奥莱特靠在矮墙破旧的门边凝望着夜色。

查尔斯蹑手蹑脚地尽可能接近她,就这么等着,时间慢慢流逝。女孩拿着一只小小的手电筒,打亮了一小会儿,查尔斯想,

---

①这是一九一五年英国的一张征兵海报。海报上的女儿问父亲:"老爸,大战的时候你在干什么?"海报展示的是不自愿服役的羞愧感。

可能是想看看腕表的时间吧。然后她再次满怀期待地靠在门上。突然间,查尔斯听到了两声低低的口哨声。

他看到女孩突然精神了起来。她更斜地靠在门上,嘴里发出同样的信号:两声低低的口哨声。

一个男人的身影突然从夜色中出现。女孩低低地惊叫一声,向后退了一两步,门向里打开,男人走了过来。她急切地低声对他说话。查尔斯听不到他们在说什么,便鲁莽地向前走了一步。脚下一根树枝咔嚓一声折断了。那个男人突然转过身来。

"谁?"他说道。

他看到了查尔斯后退的身影。

"嘿!给我站住!你在这里做什么?"

他一把抓住查尔斯。查尔斯也转过身来敏捷地和他扭打在了一起,很快他们就滚成一团。

这场打斗结束得很快。查尔斯的对手远比他强壮有力,他拽着查尔斯站起身来。

"打开手电,维奥莱特,"他说,"让我们看看这个家伙是谁。"

那女孩害怕地站在几步外,听话地走过来打亮了手电。

"肯定是那个待在村子里的男人,"她说,"一个记者。"

"一个记者,嗯?"男人说道,"我不喜欢这类人。你个臭东西,大晚上的在私人土地干什么?"

维奥莱特的手电不住地颤抖。查尔斯第一次看清了他对手的全貌。有那么几分钟,他有个疯狂的想法——这个访客可能就是逃犯。但是一瞥之下,他否决了这个想法。这个年轻人看起来才二十四五岁。高个子、相貌英俊、性格果断,没有一点像那个被追捕的罪犯。

"喂，"他突然问道，"你叫什么？"

"我的名字是查尔斯·恩德比。"查尔斯说，"你没有告诉我你的名字。"他补充道。

"你个厚脸皮的混蛋！"

突然间查尔斯脑海中闪过一丝灵感，这灵感又一次救了他。这是个大胆的推测，但是他相信自己是正确的。

"不过，我想，"他平静地说道，"我可以猜到你的名字。"

"嗯？"

对方大吃一惊。

查尔斯说："我想，您应该是来自澳洲的布莱恩·皮尔森先生。"

然后就是一阵沉默，相当长时间的沉默。查尔斯感觉到局面大转。

"我不知道你是怎么知道的，"最后，对方说，"但是你说对了。我就是布莱恩·皮尔森。"

"既然这样，"查尔斯说，"我们换到房子里去谈谈吧。"

## 第二十三章 在黑兹尔姆尔

伯纳比少校正在算账。用狄更斯的话说,他在处理私人事务。少校是个井井有条的人。他有一个小牛皮封面的账本,上面记录了他买卖的股票、亏损和盈利,通常都是亏损。和大部分退役的军人一样,少校会被高利率的股票所吸引,而非那些中等回报率、较为安全的股票。

"这些油井看起来不错,"他喃喃自语道,"应该能赚不少钱。但是却跟那个钻石矿一样糟糕!加拿大土地,应该还是挺不错的。"

罗纳德·加菲尔德先生出现在了他的窗前,打断了他的沉思。

"你好,"罗尼高高兴兴地说,"希望我没有打扰你。"

"要是你打算进来的话,就走前门,"伯纳比少校说,"注意岩生植物。我想你现在就踩在它们上面呢。"

罗尼道了歉,退了一步,然后很快便出现在了前门。

"不介意的话,在垫子上蹭蹭你的鞋。"少校大声说道。

他发现年轻人都十分令人厌烦。真的,对他来说,唯一让他保持了长时间好感的年轻人就是那个记者,查尔斯·恩德比。

"一个不错的小伙子,"少校自言自语,"也非常有意思,还跟我谈起南非战争的事情。"

而面对罗尼·加菲尔德,少校就没什么好感了。事实上,可怜的罗尼无论做什么都会惹到少校。但是，毕竟来者是客。

"喝一杯吗？"少校出于传统礼节问了一句。

"不，谢了。事实上，我只是来看看我们是不是可以一起行动。我今天想去艾克汉普顿一趟，听说你已经定了让艾默尔开车带你过去。"

伯纳比点了点头。

"我去拿特里威廉的东西，"他解释说，"警察已经查完那里了。"

"好吧，你看，"罗尼局促不安地说，"我今天非常想去艾克汉普顿。我们要是一起行动的话，可以平摊费用。嗯，你觉得怎么样？"

"当然可以。"少校说，"我同意。但是步行的好处会更多，"他加了一句，"锻炼。现如今你们这些年轻人都不锻炼了。就六英里的来回，对你来说比世界上什么东西都要好。要不是我需要用车带一些特里威廉的东西回来，我就自己步行过去。软弱，这可真是当下时代的诅咒。"

"哦，好吧，"罗尼说，"我可不相信吃苦耐劳之类的东西。但是我很高兴我们能达成共识。艾默尔说你们打算十一点钟出发，是吧？"

"对。"

"好的。我会准时到达的。"

罗尼并没有像他自己说的那样准时到达。他迟到了十分钟，并且发现伯纳比少校对此十分恼怒，完全没有被他漫不经心的道歉所抚慰。

"真是个大惊小怪的老家伙。"罗尼想着，"他们根本就不知道让每个人每件事都正点准时有多烦人，还满嘴该死的锻炼和保持健康。"

他想了几分钟,如果让伯纳比少校和姨妈结婚会怎样。这样情况会不会好点呢?他每每想到姨妈拍着手掌、发出刺耳的叫喊声召唤少校到她那儿去,都觉得很有趣。

他驱散了脑海里的这些想法,开始愉快地跟少校谈话。

"斯塔福特变成一个欢快的地方了,不是吗?特里富西斯小姐和她的伙伴恩德比,还有个从澳洲来的家伙。顺便一说,他是什么时候过来的?他一大早就突然出现了,没人知道他是从哪儿冒出来的。这让我姨妈担心得脸色都发青了。"

"他住在威利特家里。"伯纳比少校尖锐地说道。

"是的,但是他到底是从哪儿冒出来的?威利特家也没有私人飞机场。你知道的,我觉得这个叫皮尔森的小伙子极其神秘。他眼睛里有一种凶恶的光——非常凶恶的目光。我觉得,就是这家伙杀了可怜的老特里威廉。"

少校没有回答。

"我看事情就是这样的,"罗尼继续说道,"跑到殖民地的家伙通常都是些坏蛋。他们的亲戚不喜欢他们,就把他们赶到外面去。好吧,然后坏蛋回来了,很缺钱,于是圣诞节的时候去拜访住在附近的有钱舅舅,舅舅不愿意给这个穷光蛋钱,所以穷光蛋就给了他一下。这就是我的推论。"

"你应该去跟警察说这些。"伯纳比少校说。

"我想你可以去说嘛,"加菲尔德先生说,"你是纳拉科特探长的小伙伴,不是吗?我说,他没有再跑来斯塔福特打听消息吧?"

"据我所知是没有。"

"今天没有和你见面吧?"

少校简短的回答最终让罗尼消停了下来。

"好吧,"他含含糊糊地说,"就这样吧。"然后他又重新陷入了寂静的沉思之中。

车子停在了艾克汉普顿三皇冠旅馆的外面。罗尼和少校约定四点半集合返回,然后就大步朝艾克汉普顿的商店方向走去。

少校先去见了柯克伍德律师。在进行了一番简短的谈话后,他拿到了钥匙,去了黑兹尔姆尔。

他已经告诉了伊万斯,约在十二点见面,然后发现这位忠诚的仆人正等在门阶处。伯纳比少校面色严峻,把钥匙插进了前门,进入了这座空房子,伊万斯也紧跟其后。自悲剧发生的那晚以来,他就再也没有来过这里。尽管他意志坚如钢铁,绝不显露出软弱,还是在经过客厅的时候微微颤抖了一下。

伊万斯和少校一起满怀深情地默默收拾起屋子。每当某个物件让一个人触景生情,另一个人就能立刻理解并尊重对方的反应。

"这可真不是什么让人愉快的工作,但总归是要做的。"伯纳比少校说。伊万斯把短袜堆成整齐的一摞,数着睡衣,回答说:

"这很令人痛心,但是如您所言,先生,总归是要做的。"

伊万斯的工作敏捷熟练,富有效率。所有东西都被收拾得整整齐齐、安排得井井有条。一点钟的时候,他们去三皇冠旅馆吃了一顿简单的午饭。回到房子的时候,少校突然抓住了伊万斯正在关门的胳膊。

"嘘,"他说道,"你听到楼上的脚步声了吗?是——是在乔的卧室里。"

"天啊,先生。是的。"

一种莫名的恐惧笼罩了两人,很快,伯纳比少校就缓过神来,愤怒地耸着肩膀跑上楼梯,声音洪亮地喊起来。

他惊讶而恼怒（不得不承认，还有一丝轻松）地发现，罗尼·加菲尔德出现在了楼梯顶端，看上去羞愧又胆怯。

"你好呀，"他说，"我是来找你的。"

"你说要找我是什么意思？"

"嗯，我想告诉你我四点半的时候还不能走。我要去埃克塞特。所以别等我了，我会在艾克汉普顿再找一辆车的。"

"你是怎么进来的？"少校问他。

"门是开着的，"罗尼解释道，"我以为你在屋里呢。"

少校回头很尖锐地问伊万斯。

"你出门的时候没有上锁吗？"

"没有，先生，我没有钥匙。"

"我真是犯蠢了。"少校嘟囔道。

"你不介意的，对吗？"罗尼说，"我在楼下发现没人，就到楼上来看看。"

"当然了，没关系。"少校恶狠狠地说，"你吓到我了，仅此而已。"

罗尼快活地说："好了，我要走了，再见。"

少校咕哝着说了什么。罗尼走下楼梯来。

"我说，"罗尼孩子气地说，"能不能告诉我，呃，那件事是在哪儿发生的？"

少校用大拇指点了点客厅的方向。

"哦，我能进去看看吗？"

"想去就去吧。"少校咆哮着说。

罗尼打开了客厅的房门，进去几分钟后又回来了。

少校上楼去了，伊万斯仍留在大厅，像站岗的斗牛犬一样，他凹进去的小眼睛怀疑地审视着罗尼。

"唉,"罗尼说,"我觉得你肯定洗不干净这些血渍,无论怎么洗都洗不干净的。哦,当然了,这个老家伙是被沙袋打倒的,是吧?我真蠢,就是这种东西吧?"他拿起靠在另一扇门上细长的门垫,沉思着在手里掂了掂,"不错的小玩意儿,嗯?"他尝试着挥舞了几下。

伊万斯沉默着。

"好吧,"罗尼意识到这沉默并不是对他的赏识,"我最好还是走吧。我恐怕自己的举止有点不得体,嗯?"他扭过头来看向了楼上,"我忘了他们两个是关系非常好的朋友。他们是同一类人,对吧?好吧,我真的要走了。对不起,要是我说了什么不合适的话,对不起。"

他穿过大厅走出了前门。伊万斯无动于衷,留在大厅里,当他听到加菲尔德先生身后大门锁好的声音后,才上了楼,回到伯纳比少校身边。他什么都没说,直接穿过房间,跪在鞋柜前,继续之前中断的工作。

三点半的时候,他们的任务做完了。一箱衣服和内衣被分给了伊万斯,其余的衣物捆得整整齐齐,要被送到海军孤儿院去。文件和账单被装进一个公文包中,伊万斯被派去找一家当地的搬家公司来保管奖杯和动物头标本,因为伯纳比少校的小屋里放不下这些。黑兹尔姆尔是带家具一起租下来的,所以家具不必搬走。

所有事情都安顿妥当后,伊万斯紧张地清了几次嗓子说道:

"请原谅,先生,但是……我想找一份佣人的工作,就像我之前在上尉这里这样。"

"是的,是的,你可以告诉任何人,我可以给你写推荐信。这没问题。"

"请原谅,先生,我不是这个意思。瑞贝卡和我,我们讨论过,想问问先生您……是否愿意给我们一次机会?"

"哦!但是……好吧,你知道,我自己照顾自己。有个老人,叫什么来着,她每天来一次为我打扫和做饭。那就是我——嗯——我所能支付得起的。"

"钱并不是最重要的,先生,"伊万斯赶紧说道,"要知道,先生,我很喜欢上尉,而且,要是我可以为您工作,我会做得像对他一样好的,几乎就是同样的事情,要是您明白我的意思的话。"

少校清清嗓子,移开了自己的眼睛。

"你的确很好。我会……会考虑的。"他步伐轻快地冲下了道路。伊万斯站在那儿看着他,脸上露出了会心的笑意。

"他和上尉真是一模一样。"他低声嘟囔道。

然后脸上露出了疑惑的神色。

"它们能在哪里呢?"他喃喃自语道,"这可有点奇怪。我得问问瑞贝卡,看她是怎么想的。"

## 第二十四章 纳拉科特探长讨论案情

"我对此并不完全满意,长官。"纳拉科特探长说道。

郡警察局长探询地看着他。

"不,"纳拉科特探长说,"我并不像最开始那么满意。"

"你觉得我们没有抓对人?"

"的确。你看,从一开始,所有证据都指向了一个方向,但是现在不同了。"

"指向皮尔森的证据并无变化。"

"是的,但是有很多新的证据出现了,长官。另一个皮尔森家的人——布莱恩,出现了。我原以为他在澳洲,觉得没什么可追查的。现在则有证据表明他一直都在英格兰。他似乎是两个月前回来的,显然是和威利特母女乘同一艘船回来的。他似乎是在旅程中爱上了那个姑娘。但是无论出于什么原因,他都没有和家里人联系过。无论他姐姐还是哥哥都不知道他人在英格兰。上周四他离开了罗素广场的奥姆斯比旅店,开车到了伦敦帕丁顿火车站。从那时到恩德比发现他的周二晚上,他都拒绝阐明自己的行踪。"

"你向他指出这种行为的严重性了吗?"

"我说过,但他不在乎。他说他与谋杀案毫无关联,证实他是否与犯罪有关是警察的事。他怎么打发时间是他自己的事,跟我们无关,他拒绝说出自己这段时间待在哪里,做了什么。"

"太不寻常了。"局长说道。

"是的,长官。这是个不寻常的案子。你看,逃避事实对他而言毫无用处,这个男人和其他人完全不同。而且说吉姆·皮尔森用一条沙袋击打了老人头部的确不太可信。这也有可能是布莱恩·皮尔森在白天的时候做的。他是个暴躁易怒、目空一切的年轻人,而且特里威廉死后,他获益和别人一样多,记得吗?

"他今早和恩德比先生一起过来的,是个聪明活泼、结实健壮的人,态度也光明正大。但是光凭这个是站不住脚的,长官。"

"嗯,你是说——"

"虽然我这么说没有什么事实依据,但是,为什么他之前不出现?他的舅舅被害一事周六就登在报纸上了,他哥哥周一被逮捕。而他完全没有一点消息。如果不是那个记者昨天晚上大半夜的在斯塔福特寓所的花园找到他,他还不出现呢。"

"他在那里干什么?我是说那个叫恩德比的。"

"你知道那些记者,"纳拉科特说,"总是四处打探消息,他们挺可怕的。"

"也常常惹麻烦。"局长说,"但是通常也很有用。"

"我猜是那位年轻小姐鼓动他的。"纳拉科特说。

"年轻的小姐?"

"艾米丽·特里富西斯小姐。"

"她怎么知道的?"

"她也在斯塔福特四处打探。她是那种很精明的姑娘,没有多少事情能瞒过她。"

"布莱恩·皮尔森是怎么解释自己的行为的?"

"他说他去斯塔福特寓所是为了见那位年轻的威利特小姐。

她在大家都睡着了之后出门见他，是因为不想让母亲知道这件事。这就是他们的说法。"

纳拉科特探长显然不相信这种说法。

"长官，我相信如果不是恩德比找到了他，他是绝对不会现身的。他会返回澳洲，在那里要求拿到他继承的那份遗产。"

一丝微弱的笑意掠过局长的嘴角。

"他肯定要诅咒这些讨厌的记者了。"他低声说道。

"还有一些别的线索。"探长继续说，"你知道，皮尔森家有三个人，西尔维娅·皮尔森嫁给了马丁·德林，一个小说家。他告诉我，他和一个美国出版商共进午餐，待了一个下午，然后当晚去参加写作晚宴，但是他似乎根本就没去那个晚宴。"

"谁说的？"

"还是那个恩德比。"

"我想我肯定要见见这个恩德比。"局长说，"他可是这项调查中的活跃人物啊。毋庸置疑，《每日资讯》还是有一些能干的员工的。"

"嗯，当然了，这可能也并不代表什么，"探长继续道，"特里威廉上尉是在六点钟以前被害的，所以德林晚上在哪里都无关紧要。但是他为什么要故意撒谎？我很不喜欢这种情况，长官。"

局长赞同道："确实，这似乎没什么必要。"

"这会让人觉得整件事都可能是假的。我有个牵强附会的推测，德林有可能乘坐十二点十分的火车离开帕丁顿火车站，在五点之后到达艾克汉普顿，杀了那个老人后，再乘坐六点十分的火车，在半夜之前到家。不管怎样，这值得调查一下，长官。我们得调查一下他的财务状况，看看他是否处在极度缺钱的状态。他妻子的任何进账他都可以处理，只要看看她就知道。我们得确定他下午的不在场证明站得住脚。"

"整个情况都很离奇,"局长评论道,"但是我依然觉得针对皮尔森的证据是很有说服力的。我知道你并不认同我的想法,你觉得你抓错了人。"

"证据都没什么问题,"纳拉科特探长承认,"间接证据也没问题,陪审团都会指控他有罪。但是,你说得很对,我觉得他不是凶手。"

"他的未婚妻在这个案子里很活跃呀。"局长说道。

"特里富西斯小姐,是的,她是个独一无二的人,没错,一个真正的好姑娘。她下定决心要救他出来。她利用那个叫恩德比的记者,让他尽可能为她工作。詹姆斯·皮尔森先生配不上这么好的姑娘,除了长相英俊,我真不觉得他有什么特别之处。"

"她要是一个想要掌控一切的女人,就会喜欢这样的男人。"局长说道。

"嗯,好吧,"纳拉科特探长说,"人的喜好各不相同。要是你同意的话,长官,我就去查证德林的不在场证明。"

"是的,立刻去查吧。遗嘱里第四个利害关系人怎么样?是有这第四个人吧?"

"是的,是他妹妹。她没什么问题,我询问过她。她六点钟的时候在家里,长官。我立刻就去调查德林的事。"

五个小时之后,纳拉科特探长又一次出现在了努克公寓的小客厅中。这次德林先生在家里。女仆最开始说他正在写作不能被打扰,但是探长拿出了警官证,命令她去请主人出来,不得延迟。等人的时候,他在房间里踱起大步,脑筋转得飞快。他时不时地拿起桌子上的小东西,心不在焉地看上一眼,然后放回去。有一个小提琴形状的香烟盒,可能是布莱恩·皮尔森送的礼物。

他捡起一本磨损的旧书，是《傲慢与偏见》。他翻开封面，看到褪色的墨水在扉页上潦草地写了一个名字：玛莎·瑞克夫特。不知为什么，瑞克夫特这个名字让他觉得很熟悉，但是这一时半刻他又记不起来了。他的思绪被德林先生推门进屋的动作给打断了。

这位小说家中等身材，有一头厚厚的栗色头发。他相貌英俊，有点笨重的感觉，嘴唇饱满而红润。

纳拉科特探长并没有因为他的外貌而产生好感。

"早上好，德林先生。抱歉又要打扰你了。"

"哦，没关系，探长先生，但是我之前已经跟你说过了，真的没什么可以再说的了。"

"我们当时以为你妻子的弟弟，布莱恩·皮尔森先生在澳洲。现在我们发现他两个月之前就回到英格兰了。我本来应该得到一些暗示的，你的妻子告诉我他人在新南威尔士。"

"布莱恩在英格兰！"德林似乎十分吃惊，"我能向你保证，探长先生，我完全不知情。我敢肯定，我妻子也不知道。"

"他没有以什么方式联系你们吗？"

"没有，确实没有。我知道西尔维娅有一段时间写了两封信给他。"

"哦，要是这样的话我向你道歉，先生。但这也是很自然的，我觉得他应该会和他的亲戚们联系，而你们要是对我保密的话，我会很难办。"

"嗯，就像我告诉你的那样，我们什么都不知道。抽支烟吗，探长先生？顺便说一句，我看到你们重新抓住了那个逃跑的犯人。"

"是的，周二晚上抓住的。他运气太差，正好起了浓雾，他绕了个大圈子。大概走了二十英里，最后发现他离王子镇也就半英里远。"

"真有趣，人似乎总是在大雾里原地打转。他没有在周五逃跑可是件好事。要是那样的话，这场谋杀肯定就要算到他头上去了。"

"他是个危险分子。人们以前管他叫弗里曼特尔·弗雷迪。暴力抢劫，伤人——过着极端的双重生活。有一半的时间他都是一个受过教育的、受人尊敬的有钱人。我不确定布罗德穆尔精神病院是不是他应该待的地方。他时不时地会有种犯罪狂热，他会消失，然后和那些最低贱的人混在一起。"

"我想大部分人是逃不出王子镇的吧？"

"几乎是不可能的，先生。但这是一次精心策划的越狱，我们还没有查到底。"

"好吧，"德林站起身来，看了一眼他的手表，"如果没有别的事，探长先生，我恐怕我是很忙的——"

"哦，还有点事情，德林先生。我想知道你为什么说你周五晚上在塞西尔宾馆参加了写作晚宴呢？"

"我——我不知道你在说什么，探长先生。"

"我想你知道的，先生。你并不在那场晚宴上，德林先生。"

马丁·德林犹豫着。他的眼神游移不定，从探长的脸转到天花板上，然后又转到了门上，接着又转到了脚上。

探长平静而冷漠地等待着。

"好吧，"马丁·德林最后终于说道，"就算我不在，这跟你又有什么关系呢？在舅舅被谋杀之后的五个小时，我的举动又跟你或者其他人有什么关系呢？"

"你对我们做了一个肯定的陈述，德林先生，我需要验证这份陈述。现在有部分陈述被证明是不真实的了。我就需要去查验另外的部分是否真实。你说你和一个朋友共进午餐,待了一下午。"

"是的,我的美国出版商。"

"他叫什么?"

"罗森克朗,埃德加·罗森克朗。"

"他的住址?"

"他离开英国了,上周六走的。"

"回纽约了吗?"

"是的。"

"那么他应该现在正在海上,他是乘的哪趟船?"

"我——我真的记不得了。"

"你知道航线吗?是丘纳德还是白色之星呢?"

"我——我真的记不得了。"

"啊,好吧,"探长说,"我们会给他在纽约的公司发电报,我们总会知道的。"

"是卡冈都亚号。"德林沉着脸说道。

"谢谢你,德林先生,我想只要你肯尝试,还是能记起来的。现在,你的证词是你和罗森克朗先生共进午餐,然后待了一整个下午。你们是几点道别的?"

"我想大概是五点钟。"

"然后呢?"

"我拒绝说明,这跟你无关,你想知道的我都说了。"

纳拉科特探长沉思着点点头。如果罗森克朗先生证实了德林的证词,那么对德林不利的证据就不成立。不管他晚上有什么神秘的活动,都跟案子无关。

"你打算怎么做?"德林心神不安地问。

"给在卡冈都亚号上的罗森克朗先生发电报。"

"该死的,"德林叫道,"你会把这事弄得尽人皆知的。听我说——"

他走到桌前,潦草地在纸上写了几行字,然后交给探长。

"我想你可能要这么干,"他不礼貌地说,"但是起码你应该用我的方法来做,把别人卷进麻烦里是不公平的。"

那张纸上写着:

罗森克朗·S.S. 卡冈都亚号 请确认我在十四日周五和你一同共进午餐一直到五点钟。

马丁·德林

"让他直接回复给你,我不介意。但是不要把这个消息发到苏格兰场或者什么警察局去。你不知道那些美国人,如果有一点迹象显示我跟警局的案子有关,那我正在商定的新合同就泡汤了。请把它当成私事来处理,探长。"

"我对此没有异议,德林先生。我想要的只有真相。我会支付回信的费用,回信会被送到我在埃克塞特的私人住址。"

"谢谢你,你是个好人。靠写作来混一口饭吃并不容易,探长先生。回信肯定没问题的。我告诉你我去了晚宴确实是个谎言,但我就是这么告诉妻子的,我现在也得对你坚持这个说法。否则我就给自己找了好多麻烦。"

"如果罗森克朗先生证实了你的说法,德林先生,你就不用担心其他事情了。"

"令人不快的性格,"探长离开时想道,"但他似乎很肯定那位美国出版商会证实他的说辞。"

就在纳拉科特跳上返回德文郡的火车时,突然间一段回忆跃入脑中。

"瑞克夫特,"他说道,"当然了,这是住在斯塔福特小屋里那位老绅士的名字,真是个奇怪的巧合。"

## 第二十五章 在戴勒咖啡馆

艾米丽·特里富西斯和查尔斯·恩德比两人坐在埃克塞特一家名叫戴勒咖啡馆的小桌子前。下午三点半,正是比较平和安静的时候。只有几个人在静静地喝茶,整个店显得很冷清。

"我说,"查尔斯说,"你怎么看他的?"

艾米丽皱起眉毛。

"很难说。"她说道。

在接受完警察的问询之后,布莱恩·皮尔森和他们一起共进了午餐。他对艾米丽极其礼貌,礼貌得有些过头了。

在精明的艾米丽看来,布莱恩的表现似乎不太自然。这个年轻人正在和恋人幽会,突然一个多管闲事的陌生人插进来,布莱恩·皮尔森却表现得像一只羔羊,居然同意了恩德比的提议,开车来见了警察。为什么他会是这样温顺恭谦的态度呢?艾米丽总觉得,这并不是布莱恩·皮尔森平日的性格。

她觉得他更像是一个会说着"见你的鬼去吧!"然后拒绝恩德比的人。

这种羊羔一样的行为举止让人心生疑虑,她试着把自己的感受告诉恩德比。

"我明白你的意思,"恩德比说,"我们的这位布莱恩在瞒着什么事,所以他不能表现出专横的本性。"

"就是这样。"

"你觉得可能是他杀了老特里威廉吗?"

"布莱恩,"艾米丽沉思着说,"他,嗯,是个引人注目的人。我想,如果他想要什么东西的话,会相当肆无忌惮。我不觉得他会遵守传统的规则和标准,他可不是温顺的英国人。"

"不考虑个人因素的话,他是不是比吉姆更可能动手?"恩德比说。

艾米丽点点头。

"确实很有可能。他会做得更好,因为他不会不知所措。"

"艾米丽,你觉得他是凶手吗?"

"我……我不知道。他满足条件,是唯一可能的人。"

"满足条件是什么意思?"

"嗯,第一是动机。"她用手指头逐条列举着,"同样的动机。两万英镑的遗产。第二就是机会。谁也不知道他周五下午在哪儿,如果他在什么平常的地方,肯定会说的。所以我们可以假设他周五实际上是在黑兹尔姆尔附近。"

"没有人在艾克汉普顿见到他呀。"查尔斯指出这个问题来,"况且他又是那么一个显眼的人。"

艾米丽鄙视地摇了摇头。

"他并不在艾克汉普顿。你没发觉吗,查尔斯,如果他想要策划一场谋杀,会事先做好计划。就只有可怜无辜的吉姆像个傻瓜一样还留在那里。他可能躲在利德福德、克劳福德,或者埃克塞特之类的地方。他可能从利德福德走路过去。那是一条大路,雪还没有把路完全堵死。"

"我觉得我们应该在四周都打听打听。"

"警察正在这么做呢,"艾米丽说,"他们会比我们做得更好。

所有这种面对公众的活儿,交给警察来做都会更好。只有那些私事,像是听柯蒂斯夫人叨叨,领会佩斯豪斯小姐的暗示,还有观察威利特母女,这样的私事,才是我们的得分点。"

"按照现在的案情的发展来看,还什么分都没得到呢。"查尔斯说。

"我们还是回到布莱恩·皮尔森的身上,"艾米丽说,"刚才说了两点,动机和机会,还有第三点,我觉得是最重要的一点。"

"是什么?"

"我从最一开始就没有忽略那个奇怪的桌灵转事件。我尽可能地用逻辑和理性去分析这件事。结论是,可能有三种情况:第一,那就是超自然的现象。当然了,这虽然有可能,但还是被我排除了。第二,这是有人故意为之的。但是我们想不出任何可能的原因,也可以排除。第三,这是个意外事件。有人不小心露出了马脚,完全违背了他原本的意愿。这是一种下意识的自我暴露。如果是这样的话,那么那六个人当中绝对有人知道特里威廉上尉将要在下午某个时刻被害,或者是什么人会和他见面,并且发生暴力行为。这六个人中不可能有人是实际动手的凶手,但他们中一定有帮凶。伯纳比少校、瑞克夫特先生、罗纳德·加菲尔德都和其他人没有什么联系,但是威利特母女就不同了。维奥莱特·威利特和布莱恩·皮尔森之间是有关联的。他们两人关系密切,而且那姑娘在谋杀发生之后一直坐立不安。"

"你觉得她知道?"查尔斯说。

"她或者她母亲,她们中的一个吧。"

"还有一个人你没提到。"查尔斯说,"杜克先生。"

"我知道,"艾米丽说,"很奇怪。我们对他一无所知。我有两次想见见他,但是没成功。杜克先生和特里威廉上尉或者他的亲戚似乎毫无关联,他和这桩案子毫无关联,而且——"

"什么?"艾米丽停住了,查尔斯·恩德比问了起来。

"而且我们见到纳拉科特探长从他的小屋中出来。探长是不是知道了什么我们不了解的情况?我真希望自己知道都是些什么情况。"

"你觉得——"

"假设杜克是个可疑的人,警方也知道这点。假设特里威廉上尉发现了杜克的什么秘密。他对他的租客们可是很挑剔的,记得吗?假设他正要向警方告发他知道的秘密。杜克安排好了同伙去杀了他。哦,我知道这些听起来都非常戏剧化,但这毕竟也是一种可能的情况。"

"这当然是一种想法。"查尔斯慢慢说道。

他们都陷入了沉默,每个人都沉思起来。

突然,艾米丽开口说道:

"你知道那种……好像有什么人在看你的感觉吗?我觉得现在就好像有人把眼睛黏在我的后脖子上。是我想多了,还是真有人在盯着我看?"

查尔斯把他的椅子挪开了一两英寸,装作不经意的样子扫视了一圈咖啡店。

"窗户旁的桌子有个女人,"他说道,"高个子,深色头发,很漂亮。她正盯着你看。"

"年轻吗?"

"不,不是很年轻。哎呀!"

"怎么了?"

"是罗尼·加菲尔德。他刚刚进来,正和她握手,现在坐到她旁边了。我想她正在说跟咱们有关的事情。"

艾米丽打开了她的手提包。很是惹人注目地开始在鼻子上扑粉，调整着小镜子的角度。

"是珍妮弗姨妈。"她轻轻说道，"他们正在起身。"

"他们要走了。"查尔斯说，"你要跟她说话吗？"

"不，"艾米丽说，"我想我最好是假装没有见到她。"

查尔斯说："为什么珍妮弗姨妈不认识罗尼·加菲尔德，却又请他喝茶呢？"

"她为什么要这么做？"

"她为什么不能这么做呢？"

"哦，看在老天的分上，查尔斯，别再说这些了。这都是在胡闹，根本没有意义！我们刚刚说到那场降神会中没有一个人跟被害人的家庭有关联，结果不到五分钟，就看见罗尼·加菲尔德和特里威廉上尉的妹妹一起喝茶了。"

查尔斯说："这表示，有些事你从来就不知道。"

艾米丽说："这表示，你总是要再重头来一次。"

查尔斯说："要重头来一次的可不止一件事。"

"什么意思？"

"没什么意思。"查尔斯回答道。

他把手放在了她的手上，而她也没有缩回去。

"等我们解决了这件事情，"查尔斯说，"这之后——"

"这之后？"艾米丽轻轻地问。

"我会为你做任何事情的，艾米丽。"查尔斯说，"真的是任何事——"

"真的吗？"艾米丽说，"那你真是太好了，亲爱的查尔斯。"

## 第二十六章 罗伯特·加德纳

只不过二十分钟,艾米丽便按响了月桂公寓的门铃。这完全是一时冲动。

她知道珍妮弗姨妈和罗尼·加菲尔德还在戴勒咖啡馆里。当碧翠丝给她开门的时候,她笑了起来。

"又是我呀,"艾米丽说,"我知道加德纳夫人不在家,但是我可以见见加德纳先生吗?"

这个请求很不寻常,碧翠丝似乎有些拿不准。

"嗯,我也不知道。我上楼去问问,好吧?"

"当然了。"艾米丽说。

碧翠丝上楼去了,只留艾米丽一个人待在大厅里。几分钟之后碧翠丝回来,请这位年轻的小姐上去。

罗伯特·加德纳正躺在二楼一个大房间靠窗的沙发上。他是个大块头的男人,蓝眼睛,金头发。艾米丽想,他就像歌剧《特里斯坦与伊索尔德》第三幕中的特里斯坦一样,而目前为止,没有一位瓦格纳的男高音能像他这么贴合角色。①

"你好,"他说,"你就是那个要跟罪犯结婚的人,是吧?"

---

① 《特里斯坦与伊索尔德》(*Tristan und Isolde*)是理查德·瓦格纳的一部歌剧,他自己称之为一部三幕剧。首演于一八六五年六月十日,在慕尼黑皇家宫廷与国家剧院进行。这部歌剧被视为古典浪漫音乐的终结,新音乐的开山之作。

"是我，罗伯特姨夫，"艾米丽说道，"我可以叫你罗伯特姨夫吗？"她问了一句。

"如果珍妮弗允许的话。你说，一个年轻人在监狱里慢慢衰弱，是什么感觉呀？"

这是个残忍的人，艾米丽想道，这是个以挖掘别人痛处为乐的人。但她可不会甘拜下风，所以她笑着说道：

"很是刺激。"

"对吉姆老爷来说就没那么刺激了吧，嗯？"

"哦，哎呀，"艾米丽说，"这也算是一种宝贵的经验，不是吗？"

"正好能教教他生活可不都是吃喝玩乐，"罗伯特·加德纳恶毒地说，"大战的时候他还太年轻，不能上战场，是吧？能过着轻松简单的生活。好了，好了……在别处受到惩罚了吧。"

他好奇地看着她。

"你过来见我是要干什么，嗯？"

他的声音里有一丝淡淡的怀疑。

"如果你想嫁到一个家里面，就得提前见一见那些亲戚嘛。"

"提前了解一下最糟糕的部分，以免为时过晚。所以你真的想要嫁给小吉姆，嗯？"

"为什么不呢？"

"尽管他被控谋杀？"

"尽管他被控谋杀。"

"好吧，"罗伯特·加德纳说，"我从来没见过像你这么有韧性的人，别人可能还以为你过得挺愉快的呢。"

"我是过得挺愉快的，追踪凶手非常激动人心。"艾米丽说。

"嗯？"

"我说,追踪凶手非常激动人心。"艾米丽又说了一遍。

罗伯特·加德纳盯着她看了看,然后重新躺回枕头上。

"我累了,"他的声音中带了些焦躁,"我不能再说了。护士,护士哪儿去了?护士,我累了。"

戴维斯护士听到他的召唤,快步走进屋来:"加德纳先生很容易劳累。如果你不介意的话,最好还是离开吧,特里富西斯小姐。"

艾米丽站起身来,轻快地点着头说:

"再见,罗伯特姨夫。可能我哪天还会再来的。"

"你是什么意思?"

"再会。"艾米丽说道。

她正要走出前门的时候,突然停住了脚步。

"哦!"她对碧翠丝说,"我忘记我的手套了。"

"我给您去拿,小姐。"

"不,"艾米丽说,"我自己去吧。"她轻快地跑上楼梯,没有敲门就进了屋。

"哦,"艾米丽说,"不好意思,对不起。我忘了拿手套。"她夸张地举起手套来,甜甜地对手拉手坐在房间里的两人笑了笑,然后跑下楼梯,离开了房子。

"忘拿手套可真是个棒极了的诡计。"艾米丽自言自语道,"这都已经是第二次成功了。可怜的珍妮弗姨妈,她知不知道这事?可能不知道。我得快点走,不然查尔斯要等烦了。"

恩德比正在约定的地点处,坐在艾默尔的福特车中等待。

"运气如何?"他给她披上毯子问道。

"从某种程度上来说,不错。不过我也不确定。"

恩德比带着询问的目光看着他。

"不,"艾米丽回答了他的目光,"我不会告诉你的。你看,这可能跟案子并没有关系,要是我告诉你了,那就不太公平了。"

恩德比叹了一口气。

"我觉得很难过。"他说道。

"对不起,"艾米丽坚定地说,"但情况就是这样。"

"随你的便吧。"查尔斯冷冷地说。

他们沉默地上路了。查尔斯是因为生气而沉默,而艾米丽则是因为在思考。

他们快到艾克汉普顿的时候,她突然打破了沉默,说了一句出人意料的话。

"查尔斯,"她说,"你会玩桥牌吗?"

"是的,我会玩。怎么了?"

"我正在想,你知道他们说打桥牌的时候要怎么评估自己的手牌吗?如果你在防守,就数数能让你胜利的牌;但是如果你在进攻,就要数数会让你落败的牌。现在我们正在进攻,但我们可能走了一条错误的路。"

"这是什么意思?"

"好吧,就是说,我们一直在数能让自己胜利的牌,对不对?我的意思是,我们在查哪些人可能会杀害特里威廉上尉,无论听起来多不靠谱。这恐怕就是为什么我们现在被弄糊涂了。"

"我可没有糊涂。"查尔斯说。

"好吧,我糊涂了。我真是彻底糊涂了。让我们换一种思路,数一数会让我们失败的牌:不可能杀害特里威廉上尉的人。"

"好吧,让我想想——"恩德比思考着,"首先是威利特母女和伯纳比,还有瑞克夫特和罗尼。哦!还有杜克。"

"是的,"艾米丽同意道,"我们知道他们中没有人下手杀人。

因为人死的时候他们全都身在斯塔福特寓所中,他们可以相互做证,不可能说谎。是的,他们被排除了。"

"事实上,在斯塔福特居住的所有人都不是凶手。"恩德比说,"就连艾默尔都不是。"考虑到有可能被司机听到,他压低了声音,"因为周五的时候,斯塔福特路上都不能行车了。"

"他可以步行过去,"艾米丽同样放低了声音,"如果伯纳比少校可以做到,那么就算艾默尔午餐的时候就出发,也是可以做到的。在五点钟到达艾克汉普顿,杀了他,再走回来。"

恩德比摇了摇头。

"我觉得他不可能再走回来。你记得雪是从六点半开始下的吧?不管怎样,你都不会去指控艾默尔,对吧?"

"不会的,"艾米丽说,"尽管他可能是个杀人狂。"

"嘘。"查尔斯说道,"要是他听到了,会受伤的。"

"不管怎样,"艾米丽说,"你不能说肯定不是他谋杀了特里威廉上尉。"

"基本上可以确定不是他,"查尔斯说道,"因为他不可能步行去艾克汉普顿再返回村里,还不被斯塔福特的人知道,这太奇怪了。"

"这里的确是一个大家都对彼此的行动了如指掌的地方。"艾米丽赞同道。

"正是如此,"查尔斯说,"这就是为什么我说斯塔福特村的人都可以被排除掉。剩下的两个不在威利特家里的人——佩斯豪斯小姐和怀亚特上尉都行动不便,不可能在风雪中行进。还有老柯蒂斯和柯蒂斯夫人,要是他们中有谁杀了人,他们一定会在艾克汉普顿舒舒服服地度过周末,然后等一切都结束再返回。"

艾米丽笑了起来。

"你不可能整个周末都不在斯塔福特村却不被人注意到,确实。"她说。

"如果柯蒂斯夫人不在家,柯蒂斯先生肯定会注意到房子里变安静了。"恩德比说。

"当然了,"艾米丽说,"凶手应该是阿卜杜尔,书里就会这么写。他其实是一名印度水手,特里威廉上尉在治理叛军的时候把他的兄弟从船上扔了出去——之类的。"

查尔斯说:"我可不相信这个忧郁的仆从会杀人。"

"我知道了。"他突然说道。

"什么?"艾米丽焦急地问道。

"那个铁匠的老婆,那个正怀着第八个孩子的女人。这个无畏的女人不顾自己的身体情况,步行去了艾克汉普顿,用沙袋击倒了特里威廉上尉。"

"为什么?"

"因为……虽然铁匠是前七个孩子的父亲,但特里威廉上尉是这个即将出世的孩子的父亲。"

"查尔斯,"艾米丽说道,"别这么粗俗。"

她又加了一句:"再说了,就算是真的,也会是那个铁匠干的,不可能是他老婆。不错的想法,想想,那么强壮的手臂挥舞着沙袋!因为有七个孩子要照看,所以他的老婆也没注意到他不在家。只不过是一个男人,她没有时间注意。"

"这些理论都已经退化成白痴言论了。"查尔斯说。

"可不是吗。"艾米丽也同意,"数这些会让你落败的牌也没成功。"

"那你自己呢?"查尔斯问。

"我?"

"案子发生的时候你在哪里？"

"真是厉害！我从来都没想过这个问题。我在伦敦，当然了，但是我知道我没法证实这点，因为我自己一个人待在公寓里。"

"这就是了，"查尔斯说了，"动机什么的全都有。你未婚夫能得到两万英镑，你还想说什么？"

"你可真聪明，查尔斯，"艾米丽说，"我能看出来我是最有嫌疑的那个人，在此之前我竟然从来都没想到。"

## 第二十七章 纳拉科特探长的行动

两天之后的上午,艾米丽坐在纳拉科特探长的办公室中。她是当天早晨从斯塔福特村过来的。

纳拉科特探长打量着她。他钦佩艾米丽的胆量,她富有勇气的决心、永不放弃的韧劲和坚定的乐观。她是一个战士,而纳拉科特探长钦佩战士。他个人认为,吉姆·皮尔森是配不上这个姑娘的,就算他是清白无辜的也一样。

"书里常常说,"他说,"警方只是想随便抓一个'犯人',无论此人是否真的犯了罪,只要有足够的证据指向他就行。但事实并非如此,特里富西斯小姐,我们想要的是真正的犯人。"

"你真的觉得吉姆是凶手吗,纳拉科特探长?"

"我现在不能给你一个正式的答复,特里富西斯小姐。但是我可以告诉你,我们正在核查的内容中,不仅有不利于他的证据,也有不利于别人的证据,这些我们都会仔细查实。"

"你是说不利于他弟弟布莱恩的证据吗?"

"他是一个很难办的人,那位布莱恩·皮尔森先生。他拒绝回答任何问题,也不给出关于他个人的任何信息,但是我想——"纳拉科特探长展现了他大大的德文郡式笑容,"我想我可以猜出来他的一些举动。如果我想得没错,再过半小时就有答案了。还有那位夫人的丈夫,德林先生。"

"你已经见过他了?"艾米丽好奇地询问道。

纳拉科特探长看着她那张活泼的脸庞,觉得自己险些被诱惑得要放松职业的警戒了。他靠回椅子上,详述了他和德林先生的会面,然后从手边拿出一份他发给罗森克朗先生的电报复印件。"这就是我发的那份电报,"他说,"这份是回复件。"

艾米丽读了文件。

> 纳拉科特收。德赖斯代尔路二号,埃克塞特。我确认德林先生的证词。他整个周五下午一直和我在一起。
> 
> 罗森克朗

"哦!真讨厌。"艾米丽说道,挑了个温和的词,放弃了原本想说的词,她知道警方比较守旧,容易被惊到。

"是啊,"纳拉科特探长沉思着说道,"真令人烦恼,不是吗?"

然后他再次展现出了他德文郡式的微笑。

"但是我是个多疑的人,特里富西斯小姐。德林先生的理由听起来貌似可信,但是我觉得光为他谋便利真是太可惜了,所以又发了另一封电报。"

他又递给了她两张纸。

第一张上面是:

> 我需要重新核实特里威廉上尉被害的信息。你是否支持马丁·德林周五下午的不在场证词。
> 
> 埃克塞特分局纳拉科特探长

回信显得很是激动，完全不计较拍电报的花费了。

我不知道这跟犯罪有关，周五下午也没见过马丁·德林。我支持他的证词只是作为一个朋友帮忙而已，我知道他妻子正在盯他的梢，伺机和他进行离婚诉讼。

"哦，"艾米丽说道，"哦！你真是太聪明了，探长先生。"

探长明显也是这么想的，觉得自己很聪明。他的笑容温和而自满。

"男人之间总是相互支持，"艾米丽看着电报说道，"可怜的西尔维娅，有时候我真觉得男人都是些野兽。能找到一个真正可以依赖的人，真的很好。"她又加上了一句。

她钦佩地对探长笑了起来。

"这些都是非常机密的事情，特里富西斯小姐，"探长提醒了她，"我本不该告诉你这么多的。"

"你太可爱了，我真的很感激，"艾米丽说道，"我不会忘记的。"

"嗯，记住，"探长又警示了她，"不要对别人说。"

"你的意思是不要告诉查尔斯，也就是恩德比先生。"

"记者总归是记者，"纳拉科特探长说，"无论你让他变得多听话，特里富西斯小姐，有价值的新闻就是有价值的新闻，不是吗？"

"我不会告诉他的，"艾米丽说，"他会听我的，但是就像你说的，记者总归是记者。"

"绝不透露那些不必要的消息，这是我的准则。"纳拉科特探长说。

艾米丽眼中闪过一丝微弱的亮光,她暗暗想道,纳拉科特探长在这半个小时里,已经破坏了自己的准则。

她的脑中突然闪现了一丝回忆,当然了,可能眼下并不重要。所有事情似乎都在指向一个完全不同的方向。知道了总归是件好事。

"纳拉科特探长!"她突然说道,"杜克先生是个怎样的人?"

"杜克先生?"

探长似乎被她的问题吓了一跳。

"你记得吧,"艾米丽说道,"我们在斯塔福特遇见你的时候,你正从他的屋子中出来。"

"啊,是的,是的,我记得。跟你说实话,特里富西斯小姐,我想要单独听听桌灵转的故事。伯纳比少校显然不太擅长叙述。"

艾米丽沉思着说道:"如果我是你的话,我可能会去问问瑞克夫特先生。你为什么去找了杜克先生?"

探长沉默了一会儿,然后说道:

"这只是见仁见智而已。"

"嗯……我想知道警方对杜克先生有什么了解。"

纳拉科特探长没有回答,他的眼睛紧紧盯在了吸墨纸上。

"没有污点的人生!"艾米丽说道,"应该可以这样描述杜克先生的生活,但也许他并不是一直如此?也许警察了解什么情况?"

她看见纳拉科特探长脸上因为抑制的笑意出现了一丝颤动。

"你很喜欢猜测,对吧,特里富西斯小姐?"他和蔼地说道。

"如果别人不告诉你情况,你就只能猜测啦!"艾米丽回敬他。

"如果一个人,就像你说的,过着清白无过的生活,"纳拉科特探长说,"而且把他的过去暴露出来会给他带来很多烦恼和不便,嗯,警方是能够为其保守秘密的。我们不想出卖他。"

"我知道了,"艾米丽说,"但还是这个问题——你见过他了,对吧?你觉得他可能插手这件事吗?我希望能了解杜克先生,他过去是犯了什么法呢?"

她恳求地看着纳拉科特探长,后者却保持着一张毫无表情的脸。她意识到她是没法指望他了,于是叹了一口气,离开了。

艾米丽离开之后,探长还是坐在原处盯着吸墨纸看,嘴角上一丝笑意挥之不去。然后他按响了铃,部下走了进来。

"怎么样?"纳拉科特探长问道。

"长官,完全正确。但不是王子镇的达奇旅店,而是双桥镇的旅店。"

"啊!"探长接过了部下递给他的纸。

"好,"他说,"这下就好办了。周五的时候你跟踪另外的那个年轻人了吗?"

"确定他是搭乘最后一趟火车到艾克汉普顿的,但是我还没有查明他离开伦敦的时间,调查仍在继续。"

纳拉科特点点头。

"这是萨默塞特宫的登记。长官。"

纳拉科特打开看了看,这是一张婚姻登记表,是一八九四年威廉·德林和玛莎·伊丽莎白·瑞克夫特的婚姻登记表。

"啊!"探长问,"还有别的情况吗?"

"是的,长官。布莱恩·皮尔森先生从澳洲乘坐蓝色烟囱航运公司的菲狄亚斯号回国。该船曾在开普敦靠岸,但是没有叫威利特的乘客登船。没有来自南非的母亲或女儿登船。船上有伊万斯夫人和伊万斯小姐,还有来自墨尔本的约翰逊夫人和约翰逊小姐,后者符合对威利特母女的描述。"

探长说:"哦,约翰逊。很可能约翰逊和威利特都不是真名,我可算抓到她们的马脚了。还有别的吗?"

这回似乎是没有其他情况了。

"好了,"纳拉科特探长说,"我们已经得到足够多的线索来继续了。"

## 第二十八章 靴子

"可是,亲爱的女士,"柯克伍德律师说,"你要在黑兹尔姆尔找什么呢?特里威廉上尉的物品都已经被搬走了,警方也对房子做过彻底的搜查。我非常了解你的处境,也理解你的焦虑,你想为皮尔森先生洗清嫌疑。但是你能做些什么呢?"

"我并不是想找什么东西。"艾米丽答道,"也不是要发现什么警方遗漏的东西。我无法解释给您听,柯克伍德先生。我想要……感受一下那里的氛围。请您给我钥匙吧,这总没什么害处。"

"确实没有什么害处。"柯克伍德律师严肃道。

"那就请您行行好。"艾米丽说。

于是,柯克伍德律师面露纵容的微笑,通情达理地把钥匙交给了艾米丽。他会尽可能帮助她,不过最后只有艾米丽自己的机智和坚定才能帮她走出这场灾难。

那天早晨,艾米丽收到了一封信。信的内容是这样的:

亲爱的特里富西斯小姐,我是贝灵夫人。你说过,如果发生了什么事,无论是多么细小的事情,但凡有一点反常,你都想知道。所以,尽管这件事并不重要,我还是觉得有义务立刻告诉你,希望能赶上今晚最后一班或明早第一班邮递给你。我的侄女过来看我，她也觉得这件事虽然不重要，但是很奇怪。我同意她的说法。警方说，特里威廉上尉的屋子里基本上没有丢失物品，至少没丢什么值钱的东西，但确实丢了什么，只不过当时没注意到，因为也不是什么重要的东西。伊万斯在和伯纳比少校整理房间时发现，少了一双上尉的靴子。虽然这事看起来无关紧要，但我觉得你可能会想知道。丢失的是一双靴子，那种很厚的皮靴子，上尉在下雪的时候才会穿它，但他并没有在雪天出门，所以有些奇怪。靴子不知道被谁给拿走了。虽然不是什么大事，但我觉得有必要写下来告诉你，希望这封信能立刻送到你那里。希望你不要太担心你的未婚夫了。

你忠实的贝灵夫人

艾米丽把信读了一遍又一遍，和查尔斯就此讨论起来。

"靴子，"查尔斯沉思着说，"这似乎没什么意义。"

"这里面肯定有什么，"艾米丽指出来，"我是说，为什么只丢了一双靴子？"

"你不觉得这是伊万斯胡编的？"

"他为什么要胡编？而且如果想编谎话，肯定会说些更合理的东西。而不是这种又蠢又没什么意义的东西。"

"靴子可能跟脚印有关。"查尔斯思考着说道。

"我知道。但是这桩案子里脚印并没有产生什么重要影响。如果后来没有下雪的话——"

"是啊，也许吧，但即使那样……"

"他可能把靴子送给了某个流浪汉，"查尔斯提出，"然后流浪汉杀了他？"

"有可能，"艾米丽说，"但特里威廉上尉听起来不像这种人。他可能会给他找点活儿干，或者给他一先令，但是他不会把自己最好的冬靴送人。"

"好吧，我放弃了。"查尔斯说道。

"我还没有放弃，"艾米丽说，"无论如何我都要弄清真相。"

于是她来到艾克汉普顿，首先就先去了三皇冠旅馆，然后受到了贝灵夫人热情款待。

"你的未婚夫还在监狱里，小姐！这可真是太残酷了，我们都不相信是他做的，起码我喜欢听人们承认这一点。你收到我的信了吗？你想见见伊万斯吗？好吧，他就住在拐角处的福尔街八十五号。真希望我能跟你一起去，但是我不能离开这里呀。不过你不会找错地方的。"

艾米丽没有找错地方。伊万斯本人不在家，但是伊万斯夫人接待了她，邀请她进来。艾米丽坐下后，让伊万斯夫人也坐下，然后她直入正题。

"我过来是想谈谈你丈夫告诉贝灵夫人的那件事。我是说，特里威廉上尉丢了一双靴子的事。"

"这确实是件奇怪的事。"那女人说道。

"你丈夫很确定吗？"

"哦，是的。上尉冬天大部分时间都穿着它。很大的一双靴子，他套靴子前要穿上好几双袜子。"

艾米丽点点头。

"会不会是被拿去修补了？"她问道。

"伊万斯不知道的话，就是没有拿出去。"妻子自信地说。

"嗯，你说得有道理。"

"这是挺奇怪的，"伊万斯夫人说，"但是我想这跟谋杀案也没什么关系，不是吗，小姐？"

"似乎是这样。"艾米丽也赞同。

"他们发现了什么新消息吗？"这个女人的声音很急切。

"是啊，一两件事吧，不是很重要。"

"我今天又见到那个埃克塞特的警官了，他们好像发现了什么。"

"纳拉科特探长？"

"是的，就是他。"

"他是跟我一趟火车来的吗？"

"不，他是开车来的。他先去了三皇冠旅馆，询问一个年轻人的行李的事。"

"什么年轻人的行李？"

"就是跟你在一起的那个年轻人，小姐。"

艾米丽睁大了眼睛。

"他们问汤姆，"那个女人继续说，"后来我正好路过，他就告诉我了。汤姆注意到了，他记得那个年轻人的行李上有两条标签，一条是去埃克塞特，另一条是去艾克汉普顿。"

艾米丽脸上突然显现出一丝微笑，她脑中勾勒出查尔斯为了给自己提供独家新闻而犯罪的构想。她很确定，有人可以用这个题材来写一个毛骨悚然的故事。但是她很钦佩纳拉科特探长对每个细节彻底的排查，无论和犯罪之间的关系有多么远。他肯定在跟她聊完之后就立刻离开了埃克塞特。汽车肯定比火车快，无论如何，她毕竟还在埃克塞特吃了午饭呢。

"探长后来去了哪儿呢？"她问道。

"去斯塔福特了，小姐。汤姆听到他是这么跟司机说的。"

"去斯塔福特寓所了？"

她知道布莱恩·皮尔森依旧和威利特母女住在斯塔福特寓所中。

"不，小姐，他去杜克先生那里了。"

又是杜克。艾米丽觉得恼火而困惑，总是杜克这个未知因素。她觉得能够从已有的证据中推断出他的真实身份，但是他给所有人都留下了同样的印象：一个正常、普通、令人愉快的人。

"我得去见见他，"艾米丽想，"一回斯塔福特就直接去见他。"

然后她感谢了伊万斯夫人，去柯克伍德律师那里拿到了钥匙。此刻她正站在黑兹尔姆尔的大厅里，心里想着，不知道她原本期待在这里感受到什么。

她缓缓地爬上二楼，来到楼梯口的第一间房。很显然，这里是特里威廉上尉的卧室。柯克伍德律师说过，这里已经没有他的个人物品了。毛毯都被整齐地叠成一摞，抽屉里空空荡荡，衣橱里连一把衣架都没有，鞋柜也只剩下一排排空的架子。

艾米丽叹了口气，转身下楼。她来到了客厅，也就是凶案发生的地方，雪从开着的窗户飘了进来。

她试着想象那个场景。是谁杀害了特里威廉上尉，又是为了什么呢？他真的是像大家说的那样，在五点二十五分被害的吗？或者吉姆真的惊慌失措，撒了谎？是不是没有人来给他打开前门，他就绕到窗户那里，向里看去，发现了舅舅的尸体，然后带着恐惧和痛苦匆忙离开？如果她知道的话就好了。据戴克斯律师的说法，吉姆很坚持他的证词。是的——但是吉姆可能丢了魂儿。她无法确定。

瑞克夫特先生的理论是，有别的人在房子里，偷听到了他们的争吵并抓住了这个机会。

如果是这样，会不会给靴子的难题提供一些线索呢？曾经有人在楼上，可能就是在特里威廉上尉的卧室里？艾米丽再次穿过大厅，飞速地看了一眼客厅，那里有几个箱子被整齐地捆好，还贴上了标签。餐具柜里是空的，银质杯子已经被带回了伯纳比少校的小屋中。

尽管如此她还是注意到了那三本崭新的奖品小说，查尔斯从伊万斯那里听来了这些书的事情，当成娱乐笑料讲给了她。如今这些书被遗忘在了椅子上。

她环视房间，摇了摇头，这里已经没有什么值得注意的东西了。

她再次上楼，又一次进了卧室。

她必须知道那双靴子为什么会丢失！除非能找出让自己满意的理由，否则她就永远没法把这个疑问赶出脑海。靴子已经不可思议地在她脑中占据了越来越大的比例，把其他和案件相关的事都挤到了一边。没有什么线索能帮帮她吗？

她把每个抽屉都拉出来摸了摸背面。侦探小说中的主角总能找到一张提供线索的废纸片。但是很明显，现实生活中不可能有这样幸运的好事，要不然就是纳拉科特探长和他的部下搜查得太彻底了。她摸来摸去，寻找松动的板子，用手指在地毯边缘搜寻。她检查了弹簧床垫。她也不知道自己想在这些地方找到什么，但还是坚持不懈地找了下去。

然后她伸直了后背，站起身，眼睛敏锐地在这个井然有序的屋子里捕捉到了不协调之处：壁炉里的一小堆煤灰。

艾米丽像捕蛇的鸟一样紧紧地盯住那里。她走到近处，看着它。这不是什么逻辑推理，也没有什么因果关系，只是煤灰让她想到了某种可能性。艾米丽卷起袖子，把两只胳膊都伸进了烟囱里。

很快,她一脸不可置信、惊喜地盯着那个用报纸裹起来的包裹。她一抖报纸便开了,在她面前的就是那双丢失的靴子。

"为什么啊?"艾米丽说,"靴子在这儿呢。但是为什么?为什么?为什么?为什么?"

她盯着这双靴子,把它们倒过来,里里外外地检查了一遍。同样的疑问再次浮上脑海,为什么?

假如有人拿走了特里威廉上尉的靴子,把它们藏在了烟囱里……但是为什么要做这样的事呢?

"哦!"艾米丽绝望地叫着,"我要疯了!"

她小心翼翼地把靴子放在地板中间,拉过一张椅子坐在对面,开始从头思考她知道的,或是从其他人那里听说的每一个细节,思考着"戏内"和"戏外"的每一个"演员"。

突然之间,一个模糊而奇怪的念头成形了——由这双沉默而无辜地立在地板上的靴子引发的思路。

"但如果是这样,"艾米丽说道,"如果是这样——"

她捡起靴子匆匆跑下楼梯,推开餐厅的门,来到角落的碗柜前。这里摆放着特里威廉上尉的各种体育奖杯和体育用具,都是他因为不信任女租客才带过来的。滑雪板、短桨、象腿、动物獠牙、钓鱼竿……仍在等待"杨和皮博迪先生"公司过来打包并专门储存起来。

艾米丽手里拿着靴子,弯下腰去。

几分钟之后,她直起身来,脸色通红,一副难以置信的表情。

"原来是这么一回事,"艾米丽说,"原来就是这么回事。"

她坐回椅子上,陷了下去,还有许多她没弄明白的问题。

过了一会儿,她站起身来,大声说道。

"我知道是谁杀了特里威廉上尉了。"她说,"但我还不知道凶手为什么要杀他。我还是没有想明白为什么,但是我不能浪费时间了。"

她迅速离开了黑兹尔姆尔,几分钟后找到了一辆车载她驶向斯塔福特。她让司机带她去了杜克先生的小屋。付完钱,车离开之后,她走上了小径。

她叩响了门环,发出了很大的砰砰声。

过了一会儿,一个高大魁梧、表情冷漠的男人开了门。

这是艾米丽第一次见到杜克先生本人。

"你是杜克先生吗?"她问道。

"是的。"

"我是特里富西斯,我可以进去吗?"

他有一瞬间的犹豫,然后便站到一边,让她进去。艾米丽走进了起居室,他关上了前门,跟在她身后。

"我想见见纳拉科特探长。"艾米丽说,"他在这里吗?"

又是一阵沉默,杜克先生似乎不太确定是不是要回答她。最后他显然是下定了决心,露出了微笑,一个相当古怪的微笑。

"纳拉科特探长在这里。"他说,"你想要见他做什么?"

艾米丽拿出她带来的那个包裹,将其打开,拿出了一双靴子,放在了他面前的桌子上。

她说:"我想让他看看这双靴子。"

## 第二十九章 第二次降神会

"你好,你好,你好。"罗尼·加菲尔德说。

瑞克夫特先生正缓慢地爬上邮局前的陡坡,他停了下来,于是罗尼赶上了他。

"去了咱们当地的哈罗德百货,是吗?"罗尼说,"见见老希伯特。"

"不是,"瑞克夫特先生说,"我刚从铁匠铺那边散步回来,今天天气可真好。"

罗尼抬头看看蓝天。

"是啊,和上周不一样。顺便一说,我猜你是要去威利特家?"

"是啊,你也是吗?"

"是的。我们斯塔福特的亮点——威利特家。'绝不能无精打采',这是她们的箴言。还是和往常一样。姨妈说葬礼过后这么快就请人来喝茶有点无情无义,但那都是废话。她这么说只是因为秘鲁皇帝让她心烦。"

"秘鲁皇帝?"瑞克夫特先生惊讶地问道。

"她的一只该死的猫。结果证明那是'皇后',而不是'皇帝',所以卡洛琳姨妈自然很恼怒。她不喜欢这些性别上的问题。所以,要我说,她胸中气闷,就说一些恶毒的话来发泄。为什么她们母女不能邀请大家来喝茶?特里威廉上尉又不是她们的亲戚之类的。"

"说得很对。"瑞克夫特先生转过头来观察一只飞过去的鸟,他觉得自己辨认出了一个稀少的种类。

"真烦人。"他低声说道,"我没有戴眼镜。"

"哦!我说,说起特里威廉,你觉得威利特夫人比她自己说得更了解那个老家伙吗?"

"你为什么会这么问?"

"因为她整个人都变了啊。你发现了吗?她上个星期老了二十岁,你肯定注意到了。"

"是的,"瑞克夫特先生说,"我注意到了。"

"好吧,你看吧。特里威廉的死在某种意义上肯定让她痛不欲生。要是到头来,她是这老家伙失散多年的妻子,他年轻时抛弃了她,现在也认不出她,就好玩了。"

"我觉得这不太可能,加菲尔德先生。"

"太像电影噱头了,不是吗?所有怪事都赶一块儿去了。我在《每日资讯》上读过一些奇怪的故事,要不是印在报纸上,你压根儿不会相信。"

"印在报纸上就更可信了吗?"瑞克夫特先生尖刻地问道。

"你不喜欢那个年轻的记者恩德比,是不是?"罗尼说。

"我不喜欢没教养的、四处打探他人事务的人。"瑞克夫特先生说。

"是啊,但这些事都跟他有关。"罗尼坚持道,"我是说,打听消息就是那个可怜虫的工作嘛。他似乎已经让老伯纳比变得服服帖帖的了。真是可笑,那个老家伙甚至不能容忍我出现在他视线里。我在他眼里就跟斗牛眼前的红布似的。"

瑞克夫特先生没有回答。

"天哪。"罗尼又看了一眼天空说道,"你意识到今天是周五了吗?一个星期前,大约这个时间,我们走到威利特家,就像现在这样。但是天气有点不同。"

"一周之前。"瑞克夫特先生说,"这一个星期仿佛没有尽头。"

"就好像过了一年似的,对吧?你好,阿卜杜尔。"

他们经过了怀亚特上尉的门口,那个忧郁的印度人正斜靠在门上。

"下午好,阿卜杜尔。"瑞克夫特先生说,"你的主人怎么样了?"

印度人摇摇头。

"主人今天感觉不好,阁下。不见任何人。他很长时间都不见任何人了。"

"你知道,"他们继续向前走着,罗尼说,"那家伙可以轻松杀掉怀亚特,而且没人会发现。他可以继续这样,一连几个星期,摇着脑袋说主人不想见任何人,没人会觉得有一丁点奇怪。"

瑞克夫特先生也承认这是事实。

"但是还有个问题,就是如何处理尸体。"他指出。

"是啊,这一直是个麻烦事,是不是?人的尸体总是个不方便的东西。"

他们经过了伯纳比少校的小屋。少校正在他的花园里,表情严肃地盯着一丛杂草,因为它正生长在不该长的地方。

"下午好,少校。"瑞克夫特先生说,"你也去斯塔福特寓所吗?"

伯纳比揉了揉鼻子。

"不想去。她们给我送了请帖。但是……我没这个心情。希望你们理解。"

瑞克夫特先生点头表示明白。

他说:"但我还是希望你能去,我有些理由的。"

"理由?什么样的理由?"

瑞克夫特先生犹豫了。很明显,罗尼·加菲尔德在场,他不便开口。但是罗尼完全没察觉是怎么回事,还一脸好奇地站在原地听他们说话。

"我想做一个实验。"终于,瑞克夫特先生还是慢慢开口了。

"什么样的实验?"伯纳比问道。瑞克夫特先生又犹豫了。

"我最好还是不要提前告诉你。但是如果你肯去的话,希望你能支持我所提出的任何建议。"

伯纳比的好奇心被勾起来了。

"好,"他说,"我会去的,你可以信任我。我的帽子哪儿去了?"

他立刻就加入了这两人的行列,头上戴着帽子,三人走进了斯塔福特寓所的大门中。

"听说你还有客人要过来,瑞克夫特。"伯纳比闲聊般地说道。

一丝困扰掠过这位老人的面庞。

"谁告诉你的?"

"那个长舌的女人,柯蒂斯夫人。她很爱干净,也很诚实,但是她的舌头就没停过,她也根本注意不到你有没有听她说话。"

"确实如此,"瑞克夫特先生承认道,"我在等我的侄女,德林夫妇,他们明天到。"

此时,三人走到了前门处,按下了门铃,来开门的是布莱恩·皮尔森。

他们在大厅脱下了外套,瑞克夫特先生饱含兴趣地观察着这个高个子宽肩膀的年轻人。

"不错的家伙,"他想着,"非常不错的小伙子。脾气强硬,下巴的形状有点古怪。在某些特定情境里一定是个难缠的家伙,或者也可以说是个危险的家伙。"

伯纳比少校一进屋,就被一种诡异的不现实感笼罩了,威利特夫人起身迎接了他。

"你能来真是太好了。"

这句话和上个星期的那句一模一样,同样的熊熊烈火燃烧在壁炉中。他想着,却也不太确定:这两个女人是不是穿着和上周同样的礼服?

这确实给人一种怪异感,就好像上个星期又重过了一遍,好像乔·特里威廉没有死,好像没有什么事发生,没有什么事改变。打住,这是不对的。威利特家的女人变了,备受摧残,只有这种词才能描述她现在的状态。她不再是那个富裕、果敢的女人,而是成了一个被吓坏了神经的小动物,慌张地想要表现出以往的模样。

"谁能想得到,乔的死亡对她影响这么大?"伯纳比想着。

他再一次觉得,威利特母女有什么地方非常奇怪。

像平时一样,他突然发现周围一片寂静,有人正在跟他说话。

"我恐怕这是我们最后一次小聚了。"威利特夫人说。

"怎么了?"罗尼·加菲尔德突然抬头说。

"是的。"威利特夫人勉强笑着摇了摇头,"我们不得不放弃在斯塔福特剩余的冬季时光。当然了,就我个人而言,我爱这里的大雪、石山还有荒野。但是这些家庭问题啊！家庭问题真是太难办了，可真是愁死我了！"

"我以为你要去雇一个司机兼管家，还有勤杂工人。"伯纳比少校说。

突然间威利特夫人一阵颤抖。

"不，"她说，"我……我放弃这个想法了。"

"亲爱的，亲爱的，"瑞克夫特先生说，"这对我们来说是个重大的打击。我们很伤心。你们走后，我们又会回到原来平淡无味的生活。对了，你们什么时候动身？"

"我希望是下周一。"威利特夫人说，"除非我明天就能收拾好出发。没有仆人真是很难办。当然了，我必须跟柯克伍德律师交接一些事情。这栋房子我租了四个月。"

"你要去伦敦吗？"瑞克夫特先生问。

"是的，有可能，至少可以先去那儿看看。然后我们可能会出国，去里维埃拉。"

"对我们来说是个巨大的损失啊。"瑞克夫特先生漂亮地鞠了个躬。

威利特夫人发出了一声意味不明的怪笑。

"你真是太善良了，瑞克夫特先生。好了，我们来喝点茶吧。"

茶点已经摆放好了。威利特夫人倒茶，罗尼和布莱恩递着东西。茶会中大家都感到了一种诡异的窘迫。

"那你呢？"伯纳比少校突然问布莱恩·皮尔森，"你也走吗？"

"是的，去伦敦。直到这桩事结束我才会出国。"

"这桩事？"

"我是说等我大哥洗清这个可笑的嫌疑。"

他以一种挑衅的方式说出了这句话,没人知道该怎么接话。伯纳比少校缓和了场面。

"我从没觉得是他干的。"他说。

"我们都不觉得是他干的。"维奥莱特说,向他投去感激的目光。

一阵铃声打破了沉默。

"是杜克先生,"威利特夫人说,"让他进来吧,布莱恩。"

年轻的皮尔森走到窗前。

"不是杜克。"他说,"是那个该死的记者。"

"哦,天哪!"威利特夫人说,"好吧,那我们也得让他进来。"

布莱恩点点头,几分钟后带着查尔斯·恩德比一起进来了。

恩德比像平时那样喜气洋洋地走进门来,似乎完全没注意到大家并不欢迎他的到来。

"你好,威利特夫人,你还好吗?我就是顺路来拜访一下,看看情况如何。我还在想,斯塔福特的人都去哪儿了?现在可算知道了。"

"喝茶吗,恩德比先生?"

"您真是太好了,我会喝的。我看见艾米丽不在这儿。我想她可能是跟你姨妈在一起吧,加菲尔德先生。"

"据我所知是不在。"罗尼盯着他说,"我以为她去艾克汉普顿了。"

"啊!但是她已经回来了。要说我是怎么知道的?有一只小鸟告诉我的呀。准确说来,就是柯蒂斯小鸟。她看见车子经过了邮局,爬上了小路,开走的时候里面没有乘客。她不在柯蒂斯家,也不在斯塔福特寓所里。真是怪了,她人在哪儿呢?如果不在佩斯豪斯小姐那里,她肯定就是和那位大众情人怀亚特上尉一起喝茶去了。"

"也许她去斯塔福特灯塔看日落了。"瑞克夫特先生提议道。

"我不这么想。"伯纳比说,"她经过的话我会看见的。直到咱们离开之前我都在花园里待着。"

"好吧,我觉得这也不是什么重要的事情,"查尔斯愉快地说,"我是说,我觉得她不会被绑架或者谋杀之类的。"

"对你的报纸来说,这有点可惜,是不是?"布莱恩嘲笑道。

"哪怕是为了报道素材,我也不会牺牲艾米丽。"查尔斯说,"艾米丽是独一无二的。"他沉思着又加了一句。

"她很迷人,"瑞克夫特先生说,"很迷人。我们,呃,是合作伙伴,她和我。"

"所有人都到了吗?"威利特夫人说,"要玩桥牌吗?"

"嗯,等一下。"瑞克夫特先生说。

他特意清了清嗓子,大家都望向了他。

"威利特夫人,您知道,我个人对灵异现象非常感兴趣。一个星期之前,就在这个房间,我们经历了一场令人惊讶、震惊的神奇体验。"

维奥莱特·威利特发出了一声微弱的惊呼,他转头看向她。

"我知道,亲爱的威利特小姐,我知道。那次经历让你不安,这确实令人不安。我并不否认。现在,警方已经找到了谋杀特里威廉上尉的罪犯,逮捕了他。但是起码在这栋房子里,我们中的一些人并不相信詹姆斯·皮尔森先生就是那个犯下罪行的人。我的提议是,我们重复上周五的那场实验,尽管这次我们可能会接触另一个幽灵。"

"不。"维奥莱特叫道。

"哦!我说,"罗尼说,"这可有点过分了,我这回无论如何都不会参与了。"

瑞克夫特先生没有理他。

"威利特夫人,你觉得呢?"

她犹豫着。

"坦白说,瑞克夫特先生,我不喜欢这个主意,一点都不喜欢。上周那场痛苦的经历给我带来了很不愉快的印象。我得花很长时间来忘记它。"

"你究竟想要得到什么结果呢?"恩德比感兴趣地说,"你打算让幽灵告诉我们杀害特里威廉上尉的凶手是谁吗?这似乎是一个很高的要求。"

"就像你说的,这是个很高的要求,但是上周却有信息传过来,告诉我们特里威廉上尉死了。"

"确实如此,"恩德比同意,"但是,好吧,你要知道,这个想法可能会招致预想不到的结果。"

"比如呢?"

"万一有名字被提出来了呢?你能肯定这不是有人故意——"

他停住话头,罗尼·加菲尔德换了一个说法。

"推桌子。你是这个意思吧,假设有人会推桌子。"

"这是一个很严肃的实验,先生,"瑞克夫特先生温和地说,"没有人会做这种事的。"

"我不知道,"罗尼怀疑地说,"我相信有人会做这种事的,虽然我不会。我发誓不是我,但是如果每个人都说是我做的,说是我杀了人。你知道,这可就尴尬了。"

"威利特夫人,我不是在开玩笑,"这个小个子老头没有理会罗尼,说,"我请求你,让我们再做一次实验。"

她动摇了。

"我不喜欢这么做,真的不喜欢,我——"她心神不宁地四处看着,就像是想找出一条逃跑的路一样,"伯纳比少校,你是特里威廉上尉的朋友,你怎么想呢?"

少校的眼睛看向了瑞克夫特先生。一下子就明白了,这就是瑞克夫特之前要他附和同意的事情。

"为什么不呢?"他只好生硬地说。

这成了决定性的一票,一锤定音。

罗尼走进隔壁房间,搬来他们上次使用的小桌子。他把桌子放在了地板中央,并且围着桌子摆上了椅子。没有人说话。这场实验很明显并不受欢迎。

"这样是对的,我觉得,"瑞克夫特先生说,"我们要尽量精确地还原上周五的场景。"

"并不是一样的。"威利特夫人反驳说,"杜克先生没有来。"

"对,"瑞克夫特先生说,"很遗憾他不在,真的很遗憾。不过,嗯,我们必须得考虑让皮尔森先生来代替他。"

"别参与进来,布莱恩。求你了,不要这么做。"维奥莱特叫道。

"这有什么大不了的?完全是闹着玩的。"

"你的这种想法就不对。"瑞克夫特先生很严肃。

布莱恩·皮尔森没有回答,但是他坐到了维奥莱特旁边的位置上。

"恩德比先生。"瑞克夫特先生说道,但是查尔斯打断了他。

"我不参加。我是个记者,而且你也不信任我。我会记录所有可能出现的灵异现象,是这个词吧,对吧?"

一切准备就绪,另外六个人围着桌子坐下来。查尔斯关了灯,坐在了壁炉的围栏上。

"等一下,"他说,"现在几点了?"他借炉火的光芒看了一眼腕表。

"真奇怪。"他说。

"什么奇怪?"

"现在正好是五点二十五分。"

维奥莱特轻轻抽泣了一声。

瑞克夫特先生严肃地说:

"安静。"

过了几分钟,和上周时的气氛完全不同。没有抑制住的笑声,没有低声私语,只有一片死寂,最终打破沉默的是来自桌子的一丝轻微的噼啪声。

瑞克夫特先生叫了起来。

"有谁在吗?"

另一阵微弱的噼啪声,在黑漆漆的屋子里显得很可怕。

"有谁在吗?"

这一次没有了噼啪声,取而代之的是震耳欲聋的敲击声。

维奥莱特尖叫起来,威利特夫人也喊了一声。

布莱恩·皮尔森的声音安慰地响起。

"没事,这是有人在敲前门。我过去开门。"

他大步走出了房间。

没有人说话。

突然间门被打开了,灯也被拧亮了。

门口处站着的是纳拉科特探长。在他后面的是艾米丽·特里富西斯和杜克先生。

纳拉科特迈了一步走进屋子里说道:

"约翰·伯纳比,我控告你在本月十四日周五谋杀约瑟夫·特里威廉。特此警告,你所说的话将被记录在案并且作为呈堂证供。"

## 第三十章 艾米丽的解释

一大群人都讶异得说不出话来,围住了艾米丽·特里富西斯。纳拉科特探长带着他的犯人走出了房间。

查尔斯·恩德比这时才找回了自己的声音。

"看在老天的分上,快说说这是怎么回事,艾米丽。"他说,"我想要拍一封电报,时间紧迫。"

"是伯纳比少校杀了特里威廉上尉。"

"嗯,我看见纳拉科特逮捕他了。我觉得纳拉科特很清醒,并不是突然间丧失理智。但是伯纳比怎么会杀了特里威廉?我是说,这怎么可能?如果特里威廉是在五点二十五分被害——"

"他不是五点二十五分被害,是在五点四十五分被害的。"

"好吧,但是这依旧——"

"我知道。除非你碰巧想到这点,否则永远也猜不到。滑雪板,这就是解释,滑雪板。"

"滑雪板?"大家都在重复这个词。

艾米丽点点头。

"是的。他故意策划了这场桌灵转。这并不是意外事件或无意为之的结果,查尔斯。这是我们否定了的第二种选择:蓄意所为。他看到很快就会下大雪,这就很安全了,因为大雪会掩盖一切痕迹。他制造了特里威廉上尉已经死了的假象,让每个人都激动起来。然后他假装十分不安,坚持要去艾克汉普顿看看他。

"他回到家,扣上了他的滑雪板(他把滑雪板放在花园的棚子里,和许多用具放在一起),然后出发。他是个滑雪专家。从这里到艾克汉普顿都是下坡路,十分利于滑行。估计只用十分钟就能到达。

"他来到窗户前敲击窗子,特里威廉上尉让他进来,毫无疑心。然后当特里威廉上尉转过身去,他就抓住机会,捡起一条沙袋,杀了他。啊!我一想到这些就觉得恶心。"

她瑟瑟发抖。

"这非常简单。他有的是时间。他必须把滑雪板擦干净,然后放进餐厅的碗橱里,和其他东西堆在一起。然后他打破了窗子,把抽屉都拉出来,东西都翻了个底朝天,让现场看起来像入室盗窃一样。

"然后,他在八点之前跑出去,绕道跑到高处的路上,呼哧带喘地来到艾克汉普顿,装成是走路从斯塔福特来的样子。只要没有人怀疑到滑雪板,他就是安全的。医生不可能判断不出来特里威廉上尉死了至少两个小时了。而且,就像我说的,只要没人想到滑雪板,伯纳比少校就有完美的不在场证明。"

"但是他们是朋友,伯纳比和特里威廉,"瑞克夫特先生说,"老朋友了,他们一直都是朋友。这真是令人难以置信。"

"我知道。"艾米丽说,"我也是这么想的。我不知道为什么会这样。我左思右想,最后只好去找纳拉科特探长和杜克先生。"

她停了一下,看看安静而冷漠的杜克先生。

"我可以告诉他们吗?"她说。

杜克先生微笑着。

"你想说就说吧,特里富西斯小姐。"

"不管怎样……不，可能你宁愿我不说。总之，我去找他们，把事情搞清楚了。记得你告诉过我，查尔斯，伊万斯提到过特里威廉上尉会用他的名字去发有奖竞赛的答案。他觉得斯塔福特寓所的地址太豪华了，奖品不会送来。嗯，这一次的足球竞赛也是如此。你给了伯纳比少校五千英镑吧？那实际上是特里威廉上尉回答的问题，他是用伯纳比的名字和地址把答案发出去的，他觉得这个地址听起来好一些。好了，你们明白发生什么了吧？周五早晨，伯纳比少校收到了信，说他赢得了五千英镑（顺便一提，这应该引起我们的怀疑。他告诉你他从来没收到过信，因为周五天气不好所以信没有送到。这是个谎言。周五早晨是信件能送达的最后一天）。我说到哪儿了？哦！伯纳比少校收到了信，他想要那五千镑，十分想要。他最近买了几只很糟糕的股票，损失了一大笔钱。"

"太惊人了，"瑞克夫特先生低声说，"实在是太惊人了。我做梦都没想过——但是我亲爱的女士，你是怎么知道这一切的？是什么让你走上正轨、找到线索的？"

关于这个问题，艾米丽解释道，是因为贝灵夫人的那封信，并且告诉了大家她是如何在烟囱里发现那双靴子的。

"我是看到靴子的时候意识到的。那是一双滑雪靴，让我想到了滑雪。突然之间我意识到可能会是这样。我冲到楼下的碗柜，确实发现那里面有两副滑雪板。其中一副比另一副要长一些。那双靴子能配上长的那副，却配不上另外一副。踏脚套被调整过，配的是较小一些的靴子。短一些的滑雪板属于另外一个人。"

"他应该把滑雪板藏到别的地方去。"瑞克夫特先生委婉地评论道。

"不，不，"艾米丽说，"他能把东西藏到哪儿去呢？这真的是个很好的放东西的地方。再过两天，那些收藏品就要被收走了，在此期间，警方不可能费心考虑特里威廉上尉究竟是有一副还是两副滑雪板。"

"但是他为什么要把靴子藏起来呢？"

"我猜，"艾米丽说，"他怕警察会像我这样，在看到滑雪靴的时候想到滑雪。所以他就把靴子塞进了烟囱里。当然了，这是一个错误的决定，因为伊万斯注意到靴子不见了，而我知道了这件事。"

"他是故意要把罪行强加到吉姆身上的吗？"布莱恩·皮尔森生气地问道。

"哦！不是的。那只是因为吉姆一贯不走运罢了。他是个傻瓜，可怜的小羊羔。"

"他现在没事了。"查尔斯说，"你不用再担心他了。你把所有事情都说了吗？艾米丽，如果都说了，我得赶紧跑去发电报了。不好意思。"

他冲出了房间。

"他可真是个精力充沛的人。"艾米丽说。

杜克先生用他低沉的声音说：

"你本人也是个相当精力充沛的人，特里富西斯小姐。"

"确实。"罗尼钦佩地说道。

"哦！天哪。"艾米丽突然四肢无力地瘫坐到了椅子里。

"你需要一杯提神饮料。"罗尼说，"鸡尾酒可以吗？"

艾米丽摇摇头。

"一点白兰地。"瑞克夫特先生热心地提议道。

"来一杯茶吧。"维奥莱特建议。

"我想补个妆,"艾米丽急切地说,"我把自己的粉扑落在车里了。我知道我现在肯定满脸通红,太兴奋了。"

维奥莱特领她上楼去找名为粉扑的镇静剂。

"这就好多了,"艾米丽用粉扑轻拍着鼻子说道,"这种真不错。我觉得好多了。你有口红吗?我终于感觉有点人样了。"

"你真的是太棒了。"维奥莱特说,"这么勇敢。"

"并不是的,"艾米丽说,"在这个伪装之下,我就像是果冻一样摇摇晃晃,心里非常不舒服。"

"我知道。"维奥莱特说,"我也有这种感觉。前几天我一直战战兢兢、惶恐不安,因为布莱恩,你知道的。当然了,他们不能指控他谋杀特里威廉上尉,但是一旦他说出他这段时间待在哪里,他们很快就会查出是他策划让我父亲逃跑的。"

"什么?"她停止了化妆的动作。

"我父亲就是那个逃出来的罪犯,这就是为什么母亲和我会来到这里。可怜的父亲,他总是奇奇怪怪的。然后他就犯下了那些可怕的罪行。我们是在从澳洲回国的旅途中遇到布莱恩的,他和我,嗯……他和我……"

"我明白了,"艾米丽善解人意地说,"当然啦。"

"我告诉了他所有的事,我们合谋了一个计划。布莱恩很厉害。幸运的是,我们不缺钱,布莱恩策划了整个计划。你知道,要逃出王子镇是非常困难的,但是布莱恩计划好了。真的,这简直就是奇迹。具体的安排是让我父亲在逃出来之后,直接穿过这里的乡村,藏在皮克斯洞里,然后他和布莱恩会化身我们家的两名仆人。你看我们提前了这么长时间来这儿住下,就是觉得这样才不会被怀疑。是布莱恩告诉我们这个地方的,建议我们跟特里威廉上尉租下这里。"

"我非常抱歉,"艾米丽说,"我是说,事情没能如意。"

"我母亲因为这个,完全崩溃了,"维奥莱特说,"布莱恩真的很厉害。并不是所有人都愿意和一个罪犯的女儿结婚。但我真不觉得是父亲的错,他十五年前被一匹马狠狠地踢中了脑袋,自那之后就变得有点奇怪了。布莱恩说如果当时他能找个好律师的话,可能就不用蹲监狱了。唉,我们还是别谈这些事了。"

"还有什么办法吗?"

维奥莱特摇了摇头。

"他病得很重。这么冷的天气,暴露在户外,得了肺炎。我一直控制不住自己,想着……也许对他来说,死亡才是最好的结局。这听起来很可怕,但是你明白我的意思。"

"可怜的维奥莱特,"艾米丽说,"这真的很遗憾。"

这姑娘摇了摇头。

"我还有布莱恩,"她说,"而你还有——"

她尴尬地停住了。

"是的,"艾米丽沉思着说道,"的确是这样。"

## 第三十一章 幸运儿

十分钟之后,艾米丽匆匆走下小巷。怀亚特上尉正靠在家门上,试图吸引她停下脚步。

"嘿,"他说,"特里富西斯小姐。这些乱七八糟的传闻都是怎么回事?"

"都是真的。"艾米丽匆匆说道。

"是的,但是你看啊……进屋来,喝杯葡萄酒,或者来杯茶吧。时间多得是,没必要这么着急。这是你们这些文化人最大的缺点。"

"我们是挺糟糕的,我知道。"艾米丽加速离开。

她冲到了佩斯豪斯小姐家,仿佛炸弹爆炸一般。

"听我说,我把整个事都讲给你听。"艾米丽说道。

她立即就将整个故事都讲了出来,中间还穿插着佩斯豪斯小姐"上帝保佑""真的?""啊,天哪"之类的惊叫。

艾米丽讲完她的故事后,佩斯豪斯小姐用手肘撑起身体,自负地摇着一根手指。

"我是怎么说的来着?"她讲道,"我告诉过你,伯纳比是个爱嫉妒的人。他们确实是朋友,二十多年来,特里威廉无论做什么都比伯纳比要好一点。他滑雪更快,爬山更稳,射击更准,甚至填字游戏都玩得更好。伯纳比不是一个度量大到能够容忍这些的人。特里威廉富有，而他却是个穷人。

"这种悬殊情况已经持续很长时间了。我可以告诉你，要是有人做什么事情都比你好一点，你是很难真正喜欢他的。伯纳比就是个思想狭隘、气量狭小的男人。而这让他神经紧张。"

"我想你是对的。"艾米丽说，"好了，我只是想过来把这些告诉你。要是把你排除在外就太不公平了。对了，你知道你的侄子认识珍妮弗姨妈吗？他们周三在戴勒咖啡馆喝茶来着。"

"她是他的教母。"佩斯豪斯小姐说，"所以那就是他想去埃克塞特见的人。如果我没猜错的话，应该是借钱的事。我会跟他说说的。"

"我可不允许你在这么高兴的日子里教训别人，"艾米丽说，"再见了。我必须走了，我还有很多事情要做。"

"你还要去做什么，小姑娘？我觉得你已经尽了自己的一份力了。"

"还不够。我必须到伦敦去见见吉姆的保险公司的人，劝他们不要因为他挪用那点钱而起诉他。"

"哦。"佩斯豪斯小姐说。

"没关系的，"艾米丽说，"吉姆将来肯定会循规蹈矩的，他已经得到教训了。"

"也许吧。你觉得你能劝得动他们吗？"

"能。"艾米丽坚定地说。

"好吧，"佩斯豪斯小姐说，"也许你能做到。但那之后呢？"

"之后，"艾米丽说，"我就大功告成了。我就为吉姆做了所有能做的事。"

"那么——接下来呢？"佩斯豪斯小姐说道。

"你的意思是？"

"接下来呢？或者你想要我说得明白一点：会是哪一个人呢？"

"哦！"艾米丽说道。

"就是这个。这才是我想知道的。他们中的哪一个会是那个不幸的家伙呢？"

艾米丽笑了，她弯下腰来亲吻了老妇人。

"可别装傻，"她说，"你很清楚我要选谁。"

佩斯豪斯小姐咯咯地笑了起来。

艾米丽轻快地跑出了屋子，走到门口时，正好查尔斯跑到了小巷上。

他双手抓住了艾米丽。

"亲爱的艾米丽！"

"查尔斯！这一切真是太不可思议了！"

"我应该吻你的。"恩德比说着，然后亲吻了她。

"我成功了，艾米丽。"他说道，"现在，听我说，亲爱的，你怎么想？"

"什么我怎么想？"

"嗯，我是说，嗯，当然了，可怜的皮尔森还在蹲监狱，这样说可能对他不太公平。但是他已经洗脱嫌疑了，而且……好吧，他也得像其他人一样公平竞争。"

"你在说什么呀？"艾米丽说。

"你知道我一直都为你疯狂，"恩德比说，"而且你也喜欢我。皮尔森不过是个错误而已。我的意思是，好吧……你和我，我们是天生一对儿。我们一直都知道这点，你我都知道，不是吗？你是喜欢婚姻登记处还是教堂，还是其他什么地方呢？"

"如果你是说结婚，"艾米丽说，"那就完全不可能。"

"什么？但是——"

"不。"艾米丽说。

"但是，艾米丽——"

"如果你想知道的话，"艾米丽说，"我爱吉姆，十分爱他！"

查尔斯无言而困惑地盯着她看。

"你不能这样！"

"我可以！而且我就是这样！我一直都是这样！而且我永远都会是这样！"

"你——你让我以为——"

"我说过，"艾米丽认真地说，"有个人可以依靠真好。"

"是的，可我以为——"

"我也管不了你的想法呀。"

"你真是个没良心的魔鬼，艾米丽。"

"我知道，亲爱的查尔斯。我知道。你想怎么叫我都行，我不在乎。想想你会多么成功吧。你得到了独家新闻！《每日资讯》的独家新闻。你是个命中注定会成功的人。女人又算什么呢？连尘土都比不上。没有真正的强者会只想要一个女人。她只会妨碍他，像常春藤那样缠住他。每一个伟大的男人都是不依赖女人的。事业！没有什么能比一项伟大的事业更好地满足男人。你是一个强大的人，查尔斯，你可以独立地——"

"你可不可以别说了，艾米丽？你就像是在广播里对青年做演讲一样！你伤透了我的心。你不知道，你和纳拉科特一起走进屋来的时候是多么可爱。就像是胜利复仇归来。"

小巷间响起了嘎吱嘎吱的脚步声，是杜克先生。

"哦！你来了，杜克先生，"艾米丽说，"查尔斯，我想告诉你。这位是苏格兰场的前警察总督，杜克。"

"什么?"查尔斯认出了这位大名鼎鼎的探长,"是那位杜克探长?"

"是的,"艾米丽说,"他退休后来到这里生活。为人和善谦逊,也不想被人认出来。我现在明白为什么当我让纳拉科特探长告诉我杜克先生犯了什么罪的时候,他会露出那样的表情了。"

杜克先生笑了起来。

查尔斯动摇了。他内心的爱人和记者之间发生了一场短暂的争斗。记者获胜了。

"非常高兴见到您,探长。"他说,"我想请问,我们是否能请您写一篇短文,八百字就行,关于特里威廉的案子。"

艾米丽走上小巷,回到柯蒂斯夫人家里。她跑回卧室拉过她的行李箱。柯蒂斯夫人一直跟在她后边。

"你要离开了吗,小姐?"

"是的。我还有很多事要做——去伦敦,去见我亲爱的。"

柯蒂斯夫人走到她面前。

"告诉我吧,小姐,你选择哪个人?"

艾米丽正随意地把衣服扔进手提箱里。

"就是监狱里的那个,当然是他了。从来就没有别人。"

"啊!不是吧,小姐,你可能犯了个错误啊。你确定那个年轻人能跟这个相提并论吗?"

"哦!当然不能。"艾米丽说,"他可没那么厉害。而这个年轻人是会出人头地的。"她瞥向了窗外那位正在认真和前警察总督杜克谈判的人,"他是那种天生就会发迹的年轻人,但我不知道另外那个要是没有我来照顾会怎么样。如果没有我的话,看看他现在会在哪里吧!"

"你不用再多说了,小姐。"柯蒂斯夫人说。

柯蒂斯夫人下楼，她的丈夫正坐在一边双眼空空地发呆。

"她活像我婶祖母莎拉家的贝琳达。"柯蒂斯说，"她下嫁给了三头牛旅社那个悲惨的乔治·普伦基特，背上了一大堆债。然后在两年内还清了抵押贷款，后来经营得可好了。"

"啊！"柯蒂斯先生说，轻轻地移了移烟斗。

"他是个很帅的家伙，乔治·普伦基特。"柯蒂斯夫人怀念地说道。

"啊！"柯蒂斯先生说道。

"但是他和贝琳达结婚之后，就再没看过别的女人。"

"啊！"柯蒂斯先生说道。

"她也从来没给他过那样的机会。"柯蒂斯夫人说。

"啊！"柯蒂斯先生说道。

The Sittaford Mystery
Copyright © 1931 Agatha Christie Limited. All rights reserved.
Letter for Chinese Reader, New Star Edition by Mathew Prichard © 2013 Mathew Prichard.
Translation © 2023 arranged by New Star Press, Agatha Christie Limited. All rights reserved.
www.agathachristie.com
AGATHA CHRISTIE, *Agatha Christie*® and the AC Monogram Logo are registered trade marks of Agatha Christie Limited in the UK and elsewhere. All rights reserved.
Published by agreement with ACL.
Simplified Chinese edition copyright: 2023 New Star Press Co., Ltd.

### 图书在版编目（CIP）数据

斯塔福特疑案 /（英）阿加莎·克里斯蒂著；梁尔译 . — 2 版 . — 北京：新星出版社，2023.12
ISBN 978-7-5133-3948-3

Ⅰ . ①斯… Ⅱ . ①阿… ②梁… Ⅲ . ①侦探小说 – 英国 – 现代 Ⅳ . ① I561.45

中国版本图书馆 CIP 数据核字 (2022) 第 091688 号

午夜文库　谢刚 主持

## 斯塔福特疑案
[英] 阿加莎·克里斯蒂 著；梁 尔 译

| 责任编辑 | 王 萌 | 统筹编辑 | 王 欢 |
| --- | --- | --- | --- |
| 责任校对 | 刘 义 | 责任印制 | 李珊珊 |
| 封面插图 | 宣 和 | 装帧设计 | 周伟伟 |

出 版 人　马汝军
出版发行　新星出版社
　　　　　（北京市西城区车公庄大街丙 3 号楼 8001　100044）
网　　址　www.newstarpress.com
法律顾问　北京市岳成律师事务所
印　　刷　三河市兴达印务有限公司
开　　本　910mm×1230mm　1/32
印　　张　8.25
字　　数　118 千字
版　　次　2023 年 12 月第 2 版　　2023 年 12 月第 1 次印刷
书　　号　ISBN 978-7-5133-3948-3
定　　价　42.00 元

版权专有，侵权必究。如有印装错误，请与出版社联系。
总机：010-88310888　　传真：010-65270449　　销售中心：010-88310811